...tures et voyages

Ralph
Le Rouge

Tome II

RALPH LE ROUGE

II

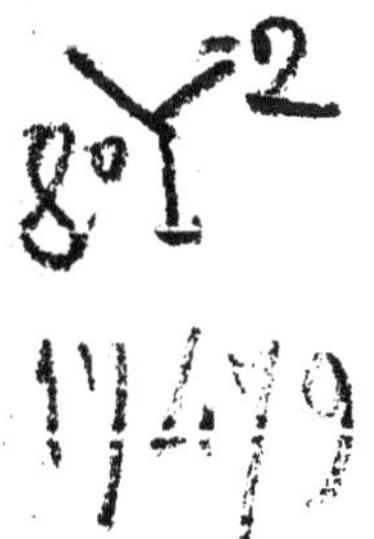

LISTE DES VOLUMES

Composant la Collection.

1. **Terres de glace et terres de feu**, par J. LERMINA. . 3 vol.
2. **La Reine des lacs**, par le capitaine MAYNE REID, traduit pour la première fois par E. MOUREAUX. 2 vol.
3. **Le Mousse de l'amiral Courbet**, récit dramatique, désopilant et pourtant véridique. . . . . 2 vol.
4. **La Fille du régisseur**, par ROBIN GRAY, traduit par M. GAUTHIER. . . . . 2 vol.
5. **Les Tribulations d'un docteur en droit dans l'Amérique du Sud**, par FÉLIX ROCROY. . . . . 1 vol.
6. **La Bataille de Strasbourg**, par J. LERMINA. . . . . 2 vol.
7. **Au pays des dollars**, par le Dr MARIUS BERNARD. . 2 vol.
8. **La Prise de Londres au XXe siècle**, par P. FERRÉOL. 2 vol.
9. **Voyage au pays de Stanley**, par le Dr JULIUS LUMLEY. 1 vol.
10. **Ralph le Rouge, aventures d'un Parisien en Floride**, par J. LERMINA. . . . . 2 vol.
11. **Autour du lac Tchad**, par Mme MARIA DE GROOTE. 1 vol.
12. **Belle Sauvage**, par CH. SIMOND. . . . . 2 vol.
13. **Histoires incroyables**, par J. LERMINA. . . . . . . 2 vol.
14. **Les Drames de Constantinople**, par VOGHI AGHA. . . 2 vol.
15. **Au delà de l'Atlantique**, par le Dr MARIUS BERNARD. 2 vol.
16. **Charietto**, par G.-V. LENNEP. . . . . 1 vol.
17. **Un héros de seize ans**, par CH. SIMOND. . . . . . . 3 vol.
18. **L'Oncle Cabassol**, par L. HUARD. . . . . 4 vol.
19. **Comment nous avons pris le Dahomey**, par un MARSEILLAIS.. . . . . 1 vol.
20. **Le Secret de l'alchimiste**, par CH. SIMOND. . . . . 2 vol.
21. **Tout seul**, par E. CADOL. . . . . 2 vol.
22. **Les Aventures de Bonaventure Marjolin**, par E. FURCADE et L. GARDETTE. . . . . 1 vol.
23. **L'Ile de Corail**, par PIERRE DURANDAL. . . . . . . 1 vol.

etc., etc.

CHAQUE VOLUME BROCHÉ : 75 CENTIMES

FRANCO PAR POSTE : 1 FRANC

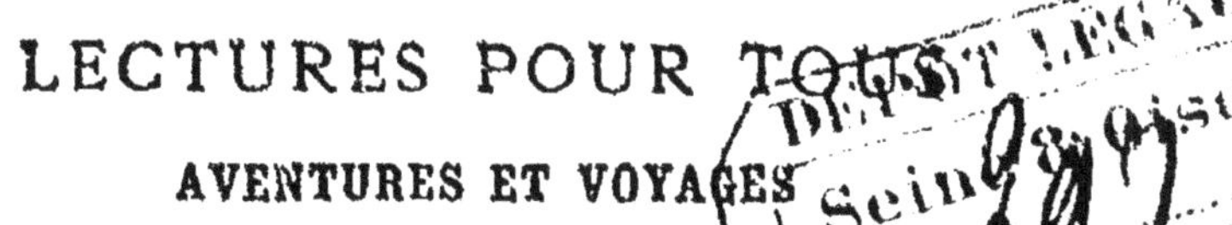

LECTURES POUR TOUS

AVENTURES ET VOYAGES

RALPH LE ROUGE

AVENTURES D'UN PARISIEN EN FLORIDE

PAR

JULES LERMINA

TOME DEUXIÈME

PARIS

L. BOULANGER, ÉDITEUR

90, boulevard Montparnasse, 90

RALPH LE ROUGE

OU

AVENTURES D'UN PARISIEN EN FLORIDE

DEUXIÈME PARTIE

XIII

A SAINT-AUGUSTIN. — FLORIDE

Fidèle aux habitudes que nous nous sommes imposées, et voulant rappeler à nos lecteurs que nous écrivons non pas un roman, mais un voyage, nous nous arrêterons un instant à leur décrire la principale ville de la Floride, qu'un orgueilleux monarque espagnol avait appelée la « *Siempre fiel Ciudad* », « toujours fidèle Cité ».

Saint-Augustin est situé sur la côte orientale de la Floride.

La ville est bâtie sur une petite péninsule, entre la rivière Saint-Sébastien et le port. Menendez attira l'attention des Espagnols sur ce rivage en y abordant en 1565; puis il fit grand bruit du joyeux retour de la petite garnison et de la réception par les prêtres, qui le glorifiaient pour le zèle qu'il avait déployé, après le massacre des huguenots au fort Caroline. Enfin, il mit le comble à sa gloire par les exploits sanglants qu'il accomplit, à travers les dunes de l'île d'Anastasia, dans la crique Matanzas. Menendez, ayant appris que les huguenots, commandés par Ribault, avaient été jetés par la tempête dans ce goulet, vint à eux avec les plus cordiales assurances de sympathie.

Il écouta leur navrante histoire : comment ils avaient perdu quatre galions dans un effrayant ouragan, tandis que les autres navires avaient été dispersés : comment ils demandaient des bateaux pour traverser le détroit et pour passer, par Saint-Augustin, vers un fort qu'ils avaient à vingt lieues de là.

Menendez était trop fidèle et pieux gentilhomme pour leur déclarer ouvertement la guerre ; mais il leur annonça franchement qu'il avait massacré la garnison et détruit le fort.

Alors ils lui demandèrent de les aider à retourner en France, ce qu'on ne pouvait leur refuser « puisque les rois de France et d'Espagne étaient grands amis. »

Mais Menendez leur fit observer qu'ils appartenaient à une nouvelle secte, qu'il était, à son grand regret, contraint de les mettre en dehors de ces amitiés royales, et, finalement, leur déclara que s'ils voulaient se mettre à sa merci, il ferait « ce que Dieu et sa miséricorde décideraient. »

Alors, se déchargeant sur son Dieu de toute responsabilité, il fit saisir les malheureux Français, les fit lier de cordes, puis donna l'ordre — au nom de Dieu — de les massacrer tous.

Un par un, les deux cent vingt-huit prisonniers furent traînés à travers les sables. Et là, à coups de fusil, à coups de poignard, il fut fait justice de ces hérétiques !!!

On ne sera pas surpris d'apprendre qu'aujourd'hui encore les Floridiens appellent le Matanzas « la rivière sanglante [1]. »

Mais cela ne fut pas tout. Au jour qui suivit le massacre, les Espagnols, qui étaient revenus à Saint-Augustin, apprirent qu'un grand nombre de Français avaient été vus « dans la même partie de la rivière où avaient été les

1. Traduit de l'ouvrage déjà cité de M. Edward King.

autres. » C'était Ribault lui-même, avec les survivants de sa troupe naufragée.

Il est bon de savoir quel était ce Ribault.

Né à Dieppe vers 1520, il avait été chargé, par l'amiral Coligny, désireux de ménager une retraite à ses coreligionnaires, en cas de persécution (l'amiral prévoyait l'avenir, devant être tué à la Saint-Barthélemy), d'aller chercher en Amérique un lieu propre à la fondation d'une colonie protestante. De 1563 à 1565, Ribault parcourut les côtes d'Amérique, construisit un fort dans une île de la Caroline du Sud ; il avait avec lui sept vaisseaux et quatre cents émigrants. Ce fut alors qu'intervint le très honorable Menendez.

Menendez, apprenant que Ribault était à sa merci, se hâta de marcher sur lui et obtint du chef français une sorte de conférence. On lui montra les cadavres des Français massacrés, et on l'invita à se rendre, si semblable sort ne lui semblait pas désirable. Or les hommes étaient épuisés, mouraient de faim, et n'avaient plus aucun moyen d'échapper. Ribault se rendit avec cent cinquante compagnons d'armes et remit ses drapeaux aux mains de Menendez.

Deux cents de ces hommes, sachant bien le sort qui les attendait, aimèrent mieux supporter les terribles souffrances qu'ils enduraient plutôt que de se fier à la clémence catholique.

Et bien ils firent, car — à l'exception de seize hommes — Ribault et ceux qui s'étaient rendus avec lui, furent sauvagement massacrés.

« D'après l'histoire du monde, dit l'auteur déjà plusieurs fois cité, un Américain qui sait ce que vaut la dignité humaine, il n'est pas de massacre plus infâme que celui-là. »

Ce qu'il oublie d'ajouter, c'est que Menendez fit attacher à un poteau, au-dessus du Champ de Sang, un écriteau portant ces mots :

« Tués comme Français, et non comme hérétiques ! »

Ribault avait été écorché *vivant !!!* On envoya sa peau en Europe, et les lambeaux déchirés de son corps furent plantés sur des piquets autour du fort.

Les Français ignorent ou ont oublié ce fait de leur histoire, qui leur rendra sans doute plus intéressante la description de Saint-Augustin, surtout quand ils sauront que, trois ans plus tard, de Gourgue, un Français, débarquait à la crique Matanza, battait les Espagnols et les faisait pendre sur le lieu du meurtre, en suspendant au-dessus de leur tête un écriteau portant ces mots :

« Pendus non comme Espagnols, mais comme assassins. »

Mais revenons aux deux cents Français qui s'étaient échappés, pendant la nuit qui précéda la reddition de Ribault.

Ils étaient parvenus à atteindre un fort, à quelque distance de Saint-Augustin, mais les Espagnols les attaquèrent, et un grand nombre d'entre eux tomba aux mains ennemies. Cependant Menendez — qui peut-être eut peur d'une vengeance possible — ne les massacra pas ; il se contenta de les forcer à servir sous ses ordres.

Il y a trois cents ans de cela. Les ruines de la citadelle sont encore visibles à la presqu'île Matanzas, et un officier du gouvernement les garde avec autant de soin que le fit Menendez. — Mais — soyez tranquilles ! — avec de tout autres intentions.

Le premier fort construit à Saint-Augustin est décrit par les anciens chroniqueurs comme bâti de branchages, et c'était — dit-on — la maison du Conseil — une sorte d'hôtel communal — d'un village indien, sur l'emplacement duquel la ville a été fondée.

L'histoire de cette ville est certes des plus curieuses et des plus intéressantes entre toutes. Combien en est-il qui, ignorées, rappelleraient des faits aussi lugubres et aussi instructifs !

En 1586, sir Francis Orake attaqua et brûla Saint-Augustin. Les boucaniers débarquèrent et massacrèrent, de ci de là, les habitants sans défense, les Indiens massacrèrent les missionnaires.

A la fin du XVIIe siècle, le gouvernement espagnol constata que la mer menaçait d'enlever la ville : pendant un demi-siècle, les habitants s'employèrent à la construction d'une digue immense, *Sea-Wall*, mur de mer, dont on peut voir encore les restes au milieu de Bay street, et sur laquelle le gouvernement des Etats-Unis a superposé de 1837 à 1843 un brise-lame qui défie la vague.

Au commencement du XVIIIe siècle, les Caroliniens du

Sud déclarèrent la guerre par terre et par mer à Saint-Augustin. Le siège par terre fut un succès, le siège par mer fut une défaite, et l'invasion ne réussit pas, ayant coûté à la Caroline du Sud six mille dollars qu'elle couvrit par des « promesses de payement. » Vingt-cinq ans après, les Caroliniens tentèrent encore une expédition contre la vieille ville, mais ne purent en franchir les portes.

En 1740, le gouverneur Oglethorpe, de Géorgie, souleva contre Saint-Augustin les Géorgiens, les Caroliniens et les Anglais; il y eut siège, bombardement, le tout sans plus de succès. Peu de temps après, la garnison de Saint-Augustin se rua à son tour sur les campements anglais en Géorgie, mais ne put s'en emparer. Oglethorpe revint en 1743, mettant tout à feu et à sang jusqu'aux murs de la vieille forteresse, mais pas plus loin.

Jusqu'à l'époque du siège d'Oglethorpe, Saint-Augustin était fortement emmuré de redoutes, de fortifications de toutes sortes. Sur le fort principal, cinquante canons de cuivre étaient montés et foudroyaient l'ennemi. Il y avait deux mille cinq cents habitants, dont la moitié environ étaient Espagnols. Des postes avancés étaient entretenus sur la rivière Saint-Jean et donnaient vitement l'alarme, en cas de mouvement hostile.

En 1763, l'Angleterre obtint par traité la cession de la province de Floride, et quand les Habits Rouges, *the Red-Coats*, vinrent à Saint-Augustin, les habitants espagnols émigrèrent presque en totalité. Beaucoup de leurs descendants cependant revinrent lorsque les Anglais se décidèrent à se débarrasser de la turbulente colonie, et la rétrocession à l'Espagne eut lieu en 1783, en échange des îles Bahama.

Enfin, en 1821, le drapeau d'Espagne qui avait été arboré par Menendez et ses soldats céda, deux cent cinquante-six ans après, la place, au-dessus du fort Saint-Augustin, au drapeau étoilé des Etats-Unis.

Depuis ce temps, la vieille ville a pris sa part des vicissitudes supportées par l'Amérique du Nord. Pendant la guerre civile, elle changea trois fois de domination.

Saint-Augustin était à peu de chose près, il y a cent ans, ce qu'il est encore aujourd'hui. La résidence officielle le *Court-House*, du gouverneur, aujourd'hui, a perdu l'admirable jardin qui l'entourait. Un couvent de Franciscains s'est élevé sur l'emplacement de la caserne d'artillerie.

Dernièrement encore, un village indien existait sur l'étroite péninsule, et aux fortifications de la ville avait été ajouté un fossé, dont les bords étaient garnis d'un réseau de baïonnettes espagnoles qui formaient des chevaux de frise presque impénétrables.

On peut facilement retrouver les lignes extérieures de défense.

Les jardins surmontant les maisons à deux étages, solidement bâties, étaient encore couverts d'arbres à fruits : là, comme autrefois, fleurissaient les figuiers, les orangers, les citronniers, les bergamottes ; et au-dessus des treillis, les grandes vignes pendaient en grappes merveilleuses...

Mais peu à peu l'originalité de la ville se perd. Les processions joyeuses du carnaval, avec masques, violons et guitares, n'ont plus lieu déjà dans le goût ancien. Et la civilisation moderne étend sur ces souvenirs du passé son niveau transformateur.

Les riches du Nord élèvent de magnifiques maisons d'agrément, entourées de parterres et de jardins, et dans quelques années, on y verra autant de villas qu'à New-York, et cela dans les environs, à plusieurs milles de Saint-Augustin.

Chaque hiver, une brillante société s'y donne rendez-vous et ne s'éloigne qu'à regret lorsque commencent les chaleurs d'un long été. Quoique la plupart de ceux qui visitent la vénérable cité soient à la recherche, non de la santé, mais d'un adorable climat, bien que d'autres désirent surtout éviter l'ennui de l'hiver du nord, cependant les malades viennent demander un soulagement à l'air de la Floride, et des centaines de familles y ont définitivement fixé leurs quartiers d'hiver.

Cependant, à tout prendre, il serait prudent de se défier de l'air de la mer à Saint-Augustin et de se réfugier dans les villes de l'intérieur. Mais il est vrai que ceux qui l'ont habité déclarent que jamais ils n'ont mieux senti la véritable jouissance de l'existence.

C'est qu'aussi pas une ville peut-être ne parle autant à l'imagination.

Et d'un coup de bâton il lui écrasa la tête.

Au soleil couchant, ces ruines antiques ont un cachet d'étrangeté majestueuse qui domine l'esprit et l'entraîne dans d'étranges ressouvenirs. Il y a comme un mystère dans les ombres qui tombent des vieux balcons, à travers les dattiers et les buissons de roses; et qui va s'asseoir, au crépuscule, sur le rempart verdoyant, au pied du fort Marion, sent une brise douce caresser ses cheveux et, si peu poétiques que soient ses aptitudes, est saisi par une singulière impression, pesante comme la mémoire des siècles écoulés.

Et cependant — ô honte du progrès ! — voici qu'il est question d'acheter, aux frais d'une compagnie d'entrepreneurs, le vieux fort à la mine sévère et de le jeter bas, pour lui substituer une station de chemin de fer ! O vandalisme de la civilisation à outrance ! mettez votre gare ailleurs, et laissez-nous ces mousses séculaires qui ressemblent à la barbe de l'éternel vieillard, le Temps !

Sans plaisanterie, ce fort est un grand et beau monument. Il y a plus d'un siècle que des hommes arrachèrent aux carrières de l'île Anastasia les pierres dont sont construits les murs massifs. Ai-je dit des pierres? le mot n'est pas juste. C'est plutôt une concrétion de coquillages pilés, amalgamés par l'effort de la mer. On trouve cette composition calcaire, devenue silice, sur des centaines de milles de la côte Floridienne. Cela s'effrite quelquefois à l'air, mais jamais ne se disjoint.

Cette coquille, qu'on nomme coquirra, résiste au bombardement mieux que la pierre ordinaire, étant élastique et semblant plier devant le boulet pour ensuite reprendre sa forme.

Et ce ne serait pas trop s'avancer que d'affirmer que le fort Marion — aujourd'hui encore — résisterait mieux aux boulets ennemis que des forts bâtis récemment.

Il est construit d'après les principes de Vauban, en forme de trapèze. Ses murs sont hauts de vingt et un pieds (sept mètres environ) et énormément épais, et à chaque angle s'élèvent des bastions qui portent les noms de Saint-Paul, Saint-Pierre, etc. En dernier lieu on l'appelait le château de Saint-Marc.

Les Indiens Apalaches y travaillèrent soixante ans. Puis la garnison fut contrainte de se mettre à l'œuvre, et on appela, jusque de Mexico, des convicts pour creuser les carrières. Il fallut des milliers de bras, pendant plus d'un demi-siècle, pour transporter les blocs géants d'un côté à l'autre de la baie et pour les dresser en murailles énormes.

Sur l'entrée principale, on voit les armes d'Espagne, avec le globe et la croix. Une inscription rappelle qu'en 1756 le feld-maréchal Don Alonzo Fernandez Herrera, gouverneur et capitaine de la cité de Saint-Augustin de la Floride, acheva le château, — Don Fernando, sixième du nom, étant alors roi d'Espagne.

San Marco — aujourd'hui fort Marion — n'a jamais été pris par siège. C'est une noble fortification, réclamant pour sa défense une centaine de canons et un millier d'hommes ; et depuis la guerre de sécession, la protection d'une batterie flottante en fait une place presque inattaquable. Un vieux sergent montre l'intérieur aux visiteurs, notamment un cachot que les Espagnols avaient caché aux Américains lorsqu'ils leur livrèrent le fort. Dans ce cachot, on trouva des cages de fer où des hommes avaient été renfermés.

La torche à la main, le sergent vous conduit à travers la chapelle dans une casemate où se trouve un autre cachot d'où s'enfuit jadis un chef Séminole avec ses compagnons.

Les murs moussus et sans couleur définie, les masses de coquillages fondus en béton, les corridors sombres, les souterrains mystérieux, tout cela vous rappelle un passé qui ne reviendra plus. Mais ce sont des souvenirs à conserver, et qui détruirait le fort Marion commettrait une action coupable.

La cathédrale de Saint-Augustin est du pur style espagnol, et quoiqu'elle ne soit ni grande ni imposante, cependant il se dégage un charme réel de ses murailles grises, de son perron rongé par le temps, de son beffroi dont les cloches sonnent encore les notes d'autrefois.

Aux dimanches soir, la foule s'assemble sur la place, et écoute les voix chantantes des vêpres, tandis qu'en face de l'église épiscopale, répondent les cantiques protestants.

On ne peut oublier le bizarre contraste de ces soirées de *Sabbat*. Les cloches de la cathédrale tintent solennellement. On aperçoit, dans la cage du beffroi, les gamins qui frappent les notes sur le bronze, tandis que du gris portail sort une procession funéraire : les jeunes néophytes en longues robes blanches et noires, puis les prêtres et les *mourners*, hommes de deuil, étranges, à barbes noires, puis les femmes à peau brune, allant lentement, lugubrement, vers le petit cimetière. On dirait une résurrection du XVIIe siècle...

Tandis que, se retournant, on aperçoit la congrégation qui abandonne l'église épiscopale : les dames richement habillées, les haies de jeunes hommes s'inclinant et admirant, les officiers passant et portant la main au chapeau avec une aimable courtoisie...

Un peu plus loin, une demi-douzaine de Yankees discutent à haute voix les dernières nouvelles du *Stock-Market*.

Ceci nous ramène au XIXe siècle.

Les jeunes filles brunes, les femmes au teint d'olive que l'on rencontre dans les rues sont les descendantes de cette colonie des îles Minorques, qu'un certain docteur Tornbull décida, il y a plus de cent ans, à s'établir sur la côte, en un lieu nommé la Nouvelle Smyrne.

Quatorze cents personnes se décidèrent à suivre le docteur Tornbull, qui les employa à la culture de l'indigo, lequel valait alors un prix énorme. Tornbull, jaloux de sa domination, isola ses fidèles de toute communication avec le dehors, et finalement voulut les réduire à une sorte d'esclavage. Ils se révoltèrent, mais en vain. Et ce fut seulement grâce à l'intervention anglaise qu'ils purent se soustraire à l'intolérable tyrannie de Tornbull et purent s'établir à Saint-Augustin, où leurs descendants forment presque la moitié de la population.

De ces femmes, il en est beaucoup d'admirablement belles dans leur jeunesse, mais elles se fanent rapidement. Les hommes sont vigoureux ; ils ont le type grec ou italien, tandis que peu à peu les femmes se rapprochent de la délicatesse de formes et de traits de leurs sœurs d'Amérique.

Maintenant, laissons agir nos personnages, et nous connaîtrons dans tous ses détails la vieille cité qui a conservé les grâces un peu mâles de l'Espagne, et a acquis les gracieusetés féminines de l'Amérique civilisée...

XIV

AUX INNOCENTS LES MAINS PLEINES!

Il était environ huit heures du soir quand nos cinq personnages, entraînés au trot de deux mules, firent leur entrée par la vieille porte de la plus vieille ville des Etats-Unis.

Nous avions oublié de mentionner un point important. A 6 kilomètres environ de Saint-Augustin, la carriole — la volante — l'omnibus, comme il vous plaira de l'appeler, s'était subitement arrêtée devant un hangar en planches; des nègres étaient sortis brusquement et, un instant après, les voyageurs, descendus, étaient montés dans un tramway, un véritable tramway, exactement pareil à ceux qui, à Paris, font le trajet de la Madeleine à Courbevoie, avec plate-forme à l'avant et à l'arrière, avec un cocher debout stimulant du fouet deux mules attelées en flèche. Seulement les rails creux étaient de bois. Et la voiture roulait avec un bruit mat, presque sinistre.

Si Valville eût été moins préoccupé, si Eusèbe eût été moins fatigué, combien n'eussent-ils pas été frappés de ce contraste si curieux : d'un côté, la nature dans toute sa sauvagerie, avec ses végétations étranges, avec ses animaux effrayants, et, à quelques lieues de là, les progrès de la civilisation conquérant peu à peu le terrain.

Au moment où ils pénétrèrent dans la ville, les éclats joyeux d'une musique militaire retentissaient dans l'air. C'était le régiment d'artillerie qui défilait devant les fenêtres de l'hôtel Saint-Jean, dont les balcons étaient garnis d'une foule élégante.

Quand ils entrèrent sous le portique de l'hôtel, Freedy donna aussitôt des ordres pour qu'un repas leur fût servi dans une salle particulière. Quant à Eusèbe, il demanda la permission de se retirer.

Valville lui-même était épuisé de lassitude, et Ned-Bark, prévoyant que de nouvelles fatigues les attendaient, insista pour qu'il allât prendre du repos.

Freedy et le détective restèrent seuls. Ils étaient de longue date rompus à ces excursions, et, de plus, ils éprouvaient le besoin de s'entretenir sans témoins.

— Parlons en toute franchise, dit Freedy ; il n'est là personne que nous ayons besoin d'encourager ou que nous craignions de décourager. Donc, toutes les circonlocutions seraient inutiles... Ned, que pensez-vous de notre situation?

Ned garda quelques instants le silence, puis :

— Docteur, répondit-il, vous savez mieux que personne que rien ne se fait que par des moyens humains, et que la sorcellerie et la divination sont passées de mode. Eh bien! nous ne pouvons nous dissimuler que nos adversaires ont sur nous de grands avantages. Ils peuvent nous surveiller, épier nos mouvements, et rien ne serait moins surprenant qu'une attaque dirigée contre nous, au moment où nous y songerions le moins.

— J'y avais déjà songé, dit Freedy. Et j'ai été étonné que nous soyons parvenus ici sans encombre...

— Oh! ce n'est pas dans ce pays, aux environs de Saint-Augustin, que ces bandits eussent osé nous attaquer... Ici encore l'action civilisatrice des Etats-Unis se fait sentir, et les troupes fédérales nous protègent...

Mais nous ne sommes encore qu'au début de l'action, et, de quelque côté que nous nous dirigions, au sud de la Floride, nous nous trouverons livrés à nous-mêmes, et ce sera bien réellement la guerre, avec ses embuscades et ses trahisons... Nous pouvons craindre d'être frappés par des ennemis invisibles...

— Cependant il faut agir.

— Certes, et vous ne supposez pas que je veuille reculer. Mais le courage n'est pas la témérité, et si nous pouvons rétablir l'équilibre entre l'infériorité de notre situation et les avantages que nos ennemis ont sur nous, c'est en usant de la plus grande prudence.

— Soit... mais n'oublions pas non plus que le temps passe... qu'une malheureuse jeune fille est aux mains de ces misérables, et que chaque heure qui s'écoule crée pour elle un péril nouveau...

— Je n'oublie rien, soyez-en sûr. Ce fut un grand malheur pour nous que la mort de cet Indien qui nous a ainsi échappé; mais du moins nous avons recueilli un indice (et il montrait la planchette de bois dont nous avons déjà parlé), qui doit nous servir de point de départ...

— C'est bien vague.

— Pas autant que vous le supposez...

A ce moment, le garçon d'hôtel entra et remit à Ned-Bark un petit paquet que celui-ci développa rapidement.

C'était une carte de la Floride. Ned l'étendit sur la table, puis, les deux coudes appuyés au papier, le menton dans les mains, il se mit à examiner soigneusement le tracé.

La Floride est une presqu'île, longue, mais d'un dessin assez régulier et dont la longueur, du Tallahassée qui est l'extrême point nord au cap Sable, est d'environ 100 lieues.

Jacksonville et Saint-Augustin ont seuls droit au titre de ville. Pelatka n'est qu'un gros bourg, et New-Smyrna qui tient sa place sur la carte, à l'est et sur la côte, compte *deux maisons!*

La côte occidentale est presque inhabitée.

Enfin, ce n'est que dans la partie nord — sur un quart environ du territoire — que la civilisation a fait des progrès réels.

Ned considérait donc attentivement la carte. Freedy, derrière lui, les yeux fixés sur les indications géographiques, tâchait de deviner les réflexions du détective. Tout à coup celui-ci posa le doigt sur la carte, un peu au sud de Volusia.

— C'est là, dit-il, c'est là évidemment que Ralph le Rouge a assigné un rendez-vous à ses complices...

— Là! fit Freedy en se penchant. Mais je ne vois aucune indication. De l'île Anastasia à New-Smyrna, la côte semble déserte...

— Vous avez raison. Elle *semble* ainsi. Mais je sais que, sur cette partie des rives, les Espagnols avaient construit jadis des forts importants, et il en existe encore des ruines qui, trop souvent, ont servi de repaire aux Indiens et aux bandits... Je me souviens que, lors de la guerre des Séminoles, une bande d'Indiens était parvenue à s'échapper d'Ocala. Nous la poursuivions avec énergie, et, approchant de la mer, nous ne doutions pas qu'il leur fût impossible de se dérober à nous — n'ayant plus d'autres ressources que de se jeter à la mer où ils auraient péri, ou de se rendre. Nous les avions cernés dans une cyprière, à un mille tout au plus de la côte, et, décidés à en finir, nous nous lançâmes à travers les marécages, les lianes et les fondrières...

— Eh bien ?

— Eh bien!... de ces Indiens — dont le nombre s'élevait à plus de trente — plus un seul ne se trouvait dans la cyprière... il semblait qu'ils se fussent abîmés sous terre. Et de fait, c'était la vérité. Ayant battu la cyprière dans tous les sens, sondé le terrain, risqué cent fois notre vie au milieu des animaux immondes qui grouillaient à travers les flaques malsaines et les racines pourries, nous finîmes par découvrir une sorte de trou garni de pierres, de cette *coquirra* dont ont été construits les murs de Saint-Augustin. C'était l'orifice d'un souterrain... N'ayant pas de torches, nous ne pûmes nous y engager. Et de plus l'officier qui nous commandait n'osa pas risquer, dans ce repaire où on se serait trouvé à la merci des Indiens, la vie des hommes qui lui avaient été confiés... Les Indiens nous échappèrent...

— Mais ce souterrain, ne l'avez-vous pas exploré plus tard?...

— Si fait, dès la semaine suivante. Mais les Indiens l'avaient fait sauter en partie, et ce ne fut qu'au prix des plus grandes fatigues que nous parvînmes à y pénétrer sur l'étendue de cinq cents yards à peu près. Nous acquîmes seulement la certitude qu'il s'étendait jusqu'aux ruines d'un vieux fort espagnol depuis longtemps détruit par la mer et la tempête...

— Et vous supposez que c'est là que nous trouverons Ralph le Rouge...

— Là ou dans un autre lieu semblable.

— Mais, à votre avis, comment parviendrons-nous jusque-là ?...

— C'est ce que nous déciderons demain. Dès le matin, je me mettrai en quête. Soit des commandants militaires, soit des gens de police, j'apprendrai — j'en suis certain — des renseignements sur les agissements des Indiens et de la bande de Red Ralph... et je trouverai notre ligne de conduite...

— Soit donc! dit Freedy. Vous savez, Ned, que nous avons toute confiance en vous...

— Même M. Valville? demanda en souriant le détective qui n'avait pas oublié les premières défiances du jeune homme...

— Je vous jure, Ned-Dark, reprit gravement le docteur Freedy, qu'il a su apprécier votre énergie et votre dévouement. — Mais, un mot encore avant de nous séparer. — Que dites-vous de ce jeune homme, de cet Eusèbe qui a été si miraculeusement retrouvé par vous? C'est un garçon peu sérieux, peu vigoureux, et je crains qu'il ne nous soit une gêne au lieu de nous aider..

— Qui sait? fit Ned.

— Avez-vous l'intention de l'attacher à notre expédition?

— Pourquoi pas? reprit le détective. En somme, cet étourdi a fait preuve de résolution en venant d'Europe, et de plus, la position dans laquelle je l'ai trouvé prouve qu'il ne manque pas de courage... Et puis, ajouta Ned en riant, n'existe-t-il pas en français un proverbe qui dit : Aux innocents les mains pleines? Le hasard le servira peut-être mieux que nous.

— J'en accepte l'augure dit Freedy.

Et, ces derniers mots échangés, les deux hommes se séparèrent.

Or Ned-Dark, à qui, paraît-il, Eusèbe avait inspiré quelque sympathie, ne croyait pas que sa prédiction dût sitôt se réaliser.

En s'éveillant, Eusèbe, qui avait grassement dormi ses dix heures, s'était longuement frotté les yeux, cherchant à rassembler ses idées, et naturellement, ainsi que de temps immémorial il se pratique dans les tragédies qui se respectent, il avait lancé cette interruption :

— Où suis-je?

La chambre assez confortable lui fit ébaucher un sourire, et il étendit les bras en s'étirant avec satisfaction. Mais soudain il tressauta. Ce mouvement très simple avait été immédiatement suivi d'un bruit sec, comme si un corps dur fût tombé à terre.

Eusèbe resta immobile. Il avait rêvé serpents à sonnettes, caïmans et autres animaux aussi intéressants qu'affamés, et ce qui s'offrait tout d'abord à sa pensée, c'est que quelque nouvel échantillon de la faune floridienne daignait lui rendre une visite de bienvenue.

Il aurait bien lancé quelque plaisanterie de son répertoire, mais une émotion invincible lui serrait la gorge. Il avait entrevu les animaux floridiens sous un jour qui ne lui rendait pas très désirables des relations suivies.

Donc il écoutait, écarquillant les yeux et retenant son souffle.

Rien. La bête, si bête il y avait, restait fort calme, ce qui commençait à enhardir notre héros ; si bien qu'au bout de quelques minutes, il se décida à se tourner sur le côté et à interroger du regard l'espace renfermé entre les quatre murs.

Les rideaux n'étaient pas hermétiquement fermés. Eusèbe était, la veille, trop impatient de se blottir au lit pour avoir pris des précautions ; il avait même négligé de pousser les verrous de sa porte.

Or, par l'entrebâillement des rideaux glissait un rayon de lumière qui tombait sur le plancher, et dans cette ligne blanche, mais vague, Eusèbe aperçut un objet de forme oblongue, d'un brun verdâtre... Brr ! un léger frisson lui caressa la colonne vertébrale. Certes, cela n'était pas bien gros, et le danger ne devait pas être grand. Mais Eusèbe n'aimait pas l'inconnu. Il avait le dégoût facile. Qu'est-ce que cela pouvait bien être ?

En concentrant sur ledit objet toutes ses facultés visuelles. Eusèbe remarquait qu'il était couvert d'une peau grenue, quelque chose comme du chagrin ; pas de pattes, pas de tête. Il faisait appel à ses connaissances les plus profondes en histoire naturelle. Mais enfin, si c'était une tortue, est-ce qu'il y a des tortues carrées ?. Etant au collège, il en avait gardé une pendant six mois dans son pupitre, lui apportant religieusement de la laitue chipée à la fruitière. Mais cette tortue — qu'il appelait Héloïse — était ovale comme toutes les tortues...

Vous me direz qu'au lieu de se livrer à ces réflexions un peu longuettes, il aurait mieux fait de sauter en bas de son lit et de marcher franchement à l'ennemi... Blâmez-le, s'il vous plaît. Toujours est-il qu'ayant avisé dans le fond de la ruelle un cordon de sonnette, il le tira violemment.

Un nègre entra.

Renonçant à toute tentative polyglotte, Eusèbe lui indiqua l'objet du doigt.

— Prends ça… nègre…

Le nègre ne se fit pas prier, ramassa la chose, la plaça sur le lit d'Eusèbe… et sortit.

Ouf! Eusèbe était très pâle! Il criait : — Idiot! crétin! ôte ça!…

L'autre était parti. Donc l'animal — *monstrum horrendum* — était là, à côté de son flanc. Oh! il ne le regardait pas… et il se reculait, dame! aussi loin que le mur le lui permettait…

Il fallait pourtant prendre un parti. Eusèbe ferma les yeux, et, devinant par intuition l'endroit à peu près précis où se trouvait la chose, il la repoussa d'un violent coup de poing…

Il y eut chute, froissement, comme de papier chiffonné. Eusèbe revint vers le bord, inquiet, regardant…

La bête (!!) s'était ouverte en deux, et de son flanc s'échappaient des papiers verts… Eusèbe partit d'un éclat de rire.

— Un portefeuille! s'écria-t-il.

Et d'un bond, il sauta sur le tapis. Mais oui! c'était cela tout simplement : un portefeuille de maroquin vert foncé, aux poches bourrées de greenbanks et autres billets de banque du pays. Certes, Eusèbe était très satisfait de cette conclusion, mais il n'en était pas moins étonné. Il savait mieux que personne que depuis sa rencontre avec l'excellent capitaine Cotrac, il ne possédait pas un fifrelin ; et il était impossible de supposer qu'aux États-Unis les hôteliers eussent la prévenance — extrêmement délicate — de fournir de l'argent de poche à leurs clients.

Un billet plié qu'il trouva dans une des poches du portefeuille l'arracha à sa perplexité.

« Cher beau-frère, avait écrit Charles Valville, je ne veux pas vous réveiller. Mais comme je sais que vous êtes sans argent, j'espère que vous voudrez accepter ce léger prêt. Nous allons à la découverte avec Freedy et Ned-Bark, nous serons de retour vers cinq heures. Soyez prudent. Votre Charles. »

— Allons! voilà un brave garçon! murmura Eusèbe. Et petite sœur a eu la main heureuse! un beau-frère comme ça doit être un excellent mari… Mais voyons!

j'ai toute ma journée à moi! il s'agit de voir le pays! Hum! dans cette tenue-là!

Le fait est qu'avec les bottes au serpent, la houppelande du capitaine, et un pantalon fortement avarié, Eusèbe n'eût pas fait bonne figure sur le boulevard des Italiens. Mais il fallait faire contre fortune bon visage, et, tout en maugréant, Eusèbe s'habilla, n'osant même pas se regarder dans la glace.

Puis, étant descendu, il absorba — avec une grimace significative — un déjeuner qui se composait spécialement de légumes cuits à l'eau, sans sel et sans beurre. Et lesté de ce déplorable repas, ayant en main la canne à pêche, qui figurait un stick ou plutôt un formidable gourdin, Eusèbe se lança à travers les rues de Saint-Augustin.

— Oh! la vilaine ville! grognait-il à chaque pas. Et d'un vieux! en voilà à qui on devrait donner des leçons d'expropriation! Quelles baraques! et ça se croit très malin parce que c'est espagnol! Et encore, sans guitare et sans castagnettes! Voilà de l'espagnol de carton!

Collectionnant ainsi des notes de voyage, Eusèbe allait de ci de là, au hasard, quand soudain, en traversant la place du Château, Eusèbe eut un sursaut de surprise...

Et voici pourquoi.

A quelques mètres devant lui marchait un nègre, d'un noir admirable, qui se dandinait, se tournait, faisant des mines!... Eusèbe apercevait ses grosses lèvres, ses yeux blancs, sa toison de mérinos crépu, mais ce n'était pas là ce qui le touchait...

Ce qui l'ébahissait au delà de toute expression — et certes le plus flegmatique eût été stupéfié comme lui — c'était la mise dudit nègre. Figurez-vous un veston d'une coupe! Oh! quelle coupe! à vous en faire venir l'eau à la bouche!... Et ce pantalon! quel chic! tombant droit jusqu'à la cheville, et là s'évasant gracieusement pour ne plus laisser voir que le bout du pied!... et sur la tête, un amour... oui, monsieur! un amour de petit chapeau, pas plus grand que le creux de la main!...

Et enfin — chose plus ébouriffante encore — ces étoffes d'un gris bleuté, délicat comme la teinte idyllique de la gorge d'une tourterelle... Mais il les connaissait!

mais il les avait choisies!!! lui-même, de sa propre main! et où cela? à Paris!...

Quoi! il y avait à Saint-Augustin (Floride) à quinze cents lieues du paradis des gommeux — des drapiers qui vendaient ces chefs-d'œuvre, des ouvriers qui les coupaient, des tailleurs qui les ajustaient! Pareil miracle était-il donc possible?

Eusèbe n'hésita pas à répondre négativement. Miracle, non! mystère, oui! mais quel pouvait donc être ce mystère?... Aller droit au nègre, se camper devant lui, le gourdin à la main, exécuter un moulinet de l'école Gâtechair, et s'écrier :

— Filou de moricaud! où as-tu volé ça!

Ce fut pour Eusèbe l'affaire d'une seconde. Or, la qualité dominante du nègre n'est pas positivement la bravoure. De plus, celui-ci avait été au service d'un planteur de la Nouvelle-Orléans, si bien qu'il entendait quelques mots de français, et qu'en saisissant ces deux vocables : « filou! » et « voleur! » il se mit à trembler de tous ses membres et à pleurailler :

— Massa! moi pas voleur! moi jurer!...

Eusèbe, qui ne se possédait plus, le saisit à la cravate... et quelle cravate! couleur purée de haricots, à pois bleus! un idéal!...

— Où as-tu trouvé ça? Où? où? où?...

— Moi pas trouvé! massa, pardon! pas faire du mal à pauvre nègre...

— Toi pas volé! toi pas trouvé! s'écria Eusèbe parlant le plus pur nègre (ce qui prouve une fois de plus combien les langues sont faciles à apprendre). Alors qui avoir donné à toi?...

— Pas donné! massa!... moi jurer! Acheté! avoir acheté!...

Les doigts d'Eusèbe lâchèrent la cravate.

— Acheté! cria-t-il. Où ça?... Allons, réponds, ou je te rétrangle!...

— Mais, massa!... là... sous le *hall!*... moi avoir payé!...

Eusèbe prit un billet de cinq dollars, et, le mettant sous le nez du nègre :

— Tu connais ça? demanda-t-il.

— Oh! oui! massa, fit le nègre qui devint violet de plaisir...

— Et puis... toi connaître aussi ça ? reprit Eusèbe montrant cette fois le gourdin. Eh bien ! toi choisir ! toi me mener tout de suite où toi avoir acheté ça ! ou moi assommer toi ! Hein ? c'est clair, pas vrai, ma petite branche !

La « petite branche » nègre ne se le fit pas répéter deux fois, et, ayant fait signe à Eusèbe de le suivre, il l'entraîna à travers les ruelles tortueuses, étroites, dont les maisons semblaient se toucher de leurs balcons comme des ivrognes tombant l'un sur l'autre. Nous pouvons affirmer qu'Eusèbe n'avait pas peur. Il l'eût suivi jusqu'en enfer. Par bonheur, il ne s'agissait pas d'aller si loin, mais seulement jusqu'à une espèce de hangar sous lequel se pressaient une foule de nègres, tandis qu'un personnage, juché sur une table, agitait des vêtements, en faisant l'article et en criant des prix de toute la force de ses poumons !

— Tiens ! toi prendre ! dit Eusèbe, qui était devenu très rouge, en remettant au nègre les cinq dollars.

Et tandis que le fils de Cham s'épuisait en remerciements. Eusèbe, très carrément, jouant des coudes comme une femme qui veut voir un feu d'artifice, perça les rangs des nègres, arriva auprès de la table, sauta dessus d'un seul bond, puis saisissant le marchand au collet :

— Ah ! c'est toi ! canaille de Queue-de-Rat ! Eh bien ! tu vas me payer ça !... Non !... quelle dégelée !... un miel de Narbonne !...

Oui, c'était le capitaine Cotrae, avec sa carrure énorme, avec son visage osseux ! Et ce qu'il débitait aux nègres de la Floride, c'était le contenu des trente-trois caisses — qui était là pêle-mêle !...

Et le plus comique, c'est que ce bonhomme d'aspect formidable commença par recevoir la plus jolie paire de calottes qui ait jamais retenti sur la joue d'un pitre. Du reste, il ne perdit pas de temps... et en reçut une autre de même provenance et de même acabit. Et il n'assommait pas Eusèbe d'un seul coup de ses énormes poings ! Sans doute, il n'avait pas le temps, car Eusèbe cognait ! cognait ! tant et si bien, qu'ahuri, abruti, assommé, l'honorable Queue-de-Rat dégringola les quatre fers en l'air !... Les nègres riaient, piaillaient... Queue-de-Rat voulait s'esquiver ! Ah bien oui !... Eusèbe était un Hercule, maintenant! et il le tenait de telle sorte que l'autre ne pouvait plus faire un pas.

— Et tu vas dire tout de suite que tu es un voleur! criait Eusèbe, et que tout cela m'appartient!...

— Mais vous me laisserez partir! supplia Cotrac.

— Pas avant que toi-même... tu entends... toi-même, tu n'aies remis tout cela dans une caisse et que, sur tes propres épaules de voleur, tu me l'aies portée à mon hôtel! Allons, haut! et plus vite que ça! ou je te fais fourrer au bloc, espèce de gibier de potence!...

Et Cotrac ne se fit pas prier! il paraît qu'il n'aimait pas le scandale! il obéit en tous points à Eusèbe... et, ma foi! il y avait bien encore là de quoi remplir trois caisses... Il y avait vestons, chemises, pantalons, chapeaux! tout un musée!

Cotrac se dépêchait. Il héla deux nègres.

Et Eusèbe, marchant derrière, la canne de pêche à la main, conduisit triomphalement le cortège à son hôtel, puis, quand tout fut en sûreté :

— Va te faire pendre ailleurs! dit-il au voleur.

Cotrac ne demanda pas son reste et détala au milieu des rires et des huées. Inutile de dire que pendant toute cette bagarre la police ne montra pas le bout de l'oreille.

Mais si jamais conquérant fut ravi, transporté, enthousiasmé, ce fut certes notre ami Eusèbe. Il se souciait bien des mille ou quinze cents francs que Cotrac lui avait chipés! mais les adorables vêtements!... Cinq minutes après Eusèbe ressortait de l'hôtel, en veston à carreaux rouges et verts, avec un pantalon d'un bleu tendre, et triomphalement traversait Saint-Augustin, convaincu que les femmes s'extasiaient.

Il avait conservé le gourdin, simple affaire de précaution.

Seulement il était si joyeux, si enfiévré de joie et de ravissement, qu'à force de vouloir se montrer *urbi et orbi*, il se perdit, tourna à droite, à gauche, revint sur ses pas, retourna et finalement se trouva hors la ville.

Bah! que lui importait! il était si bien mis!

D'ailleurs, il saurait bien se retrouver, n'est-ce pas? Il aperçut à distance une sorte de bâtisse en bois, et se persuada que c'était bien la ville qui recommençait. C'était un vieux moulin, alimenté par une petite cascade, qui rebondissait et venait s'épandre sur des dalles, formant un lac clair. Eusèbe, tenté, descendit sur la berge. Là, voici qu'à travers l'eau limpide, il aperçut des poissons, de véritables chefs-d'œuvre ! une idée lui vint ! quel succès si le soir, dans cet hôtel où on mangeait de l'herbe à chat cuite à l'eau, il apportait un de ces superbes animaux... N'avait-il pas la canne à pêche qui lui coûtait presque quinze cents francs !...

Bref, il la monta et droit, bien posé, l'œil attentif, il lança la ligne aux poissons.

Seulement !... un d'eux qui était très robuste happa l'hameçon. Eusèbe ne s'y attendait pas ; sous la secousse, il faillit perdre l'équilibre et dans l'effort qu'il fit pour ne pas tomber, il laissa échapper la ligne et le poisson !... désastre ! Mais bah !... il était si bien mis !

Il est vrai qu'il était absolument égaré, qu'en remontant sur la route, auprès de son moulin, il n'apercevait plus ni à droite, ni à gauche, rien qui pût le guider pour retourner à Saint-Augustin ! Mais il était si fier avec son veston écossais, si satisfait de son pantalon... le pantalon surtout !...

Donc, il alla droit devant lui, se disant que la Providence ne laisserait pas sans secours un élégant aussi parfait.

Mais voici que les routes se croisent, voici que des collines se dressent. Diable ! qu'est-ce que pouvait bien être devenu Saint-Au[illegible]in ? Il commençait à marcher plus vite. Ayant consu[illegible] le chronomètre — que n'avait jamais souillé la main du capitaine Cotrae — il vit qu'il était quatre heures ; le dîner étant pour six heures, l'appétit commençait à se faire sentir. Puis, à vrai dire, une autre préoccupation hantait Eusèbe, celle-ci plus honorable. Il avait peur que Charles et Freedy prissent une décision subite, et que son absence les empêchât de partir. Il avait du bon, le gommeux ! si bien qu'il se mit à courir comme un lapin !

Tout à coup, ayant gravi une côte escarpée dans l'espoir de voir de loin quelque chose qui lui indiquât Saint-Augustin, il se trouva au-dessus d'une sorte de défilé étroit, qui passait entre deux roches coupées presque à pic.

— Mais c'est le Val d'Enfer en raccourci ! s'écria Eusèbe, qui avait visité la Forêt Noire avec un billet circulaire.

Il corrigea vertement son voleur.

Et disant cela, il posa son pied à faux et eût infailliblement roulé dans l'abîme, si une main n'avait saisi la sienne et ne l'avait remis en équilibre.

Or cette main était celle d'un nègre. Toujours des nègres !

— Ah çà ! mais où suis-je donc ? s'écria Eusèbe, s'adressant au personnage.

Celui-ci, roulant de gros yeux, lui répondit :

— Moi pas savoir..., mais vous demander... là... aux personnes qui passent en bas !...

— En bas !

Eusèbe se pencha et alors aperçut dans le défilé un groupe de quatre ou cinq personnages qui, dans l'ombre projetée par les roches, marchaient à la lueur d'une lanterne.

Deux dames allaient en avant, et Eusèbe distinguait vaguement qu'elles étaient armées de carabines.

— Des héroïnes de roman ! s'écria Eusèbe. Parfait ! Ça me va comme un gant ! Moi descendre ! ajouta-t-il en se tournant vers le nègre.

— Sambo vous guidera, dit l'homme.

Deux minutes après, ayant glissé le long d'un sentier presque à pic, Eusèbe arrivait au fond du défilé... et s'écriait :

— Saperlipopette ! Alice... et la Femme de Fer !

XV

EUSÈBE CAPITAINE DE VAISSEAU.

Eusèbe était décidément l'homme aux rencontres.

Mais, quelle que fût sa surprise, certes elle n'égalait pas celle d'Alice Lodier et de sa tante, car c'étaient bien véritablement elles qui se trouvaient si soudainement là, en face d'Eusèbe ; le brave gommeux ressentit pourtant une si vive secousse, qu'avec un élan tout parisien il sauta au cou de sa sœur, l'embrassant sur les deux joues et répétant d'une voix où — ma foi, au diable la dignité ! — il y avait bien quelques larmes :

— Toi ! ma petite Alice ! Oh ! je suis si heureux !...

Puis, sans lui laisser le temps de répondre, il continua :

— Mais c'est esbloquant ! comment êtes-vous ici, toi et la femme forte, en pleine Floride ? Car nous sommes en Floride !

Ses connaissances géographiques étaient de trop fraîche date pour qu'il ne se hâtât pas d'en faire parade.

— Mais nous le savons bien ! fit Alice en souriant. Mais toi-même, comment te trouves-tu ici ?

— Oh ! moi ! fit Eusèbe en se rengorgeant, c'est toute une épopée que M. Offenbach devrait mettre en musique...

— Voyons, mes enfants ! intervint alors Mme Longpré, il me semble que vous aurez tout le temps de causer et que pour l'instant le plus important est de gagner Saint-Augustin le plus tôt possible...

— D'autant plus que mademoiselle ma sœur y trouvera des personnes de sa connaissance... qu'elle aimera peut-être rencontrer...

— M. Valville !

— Parfaitement ! M. Valville ! et Freedy... et le mouch... non, le détective, qui n'a qu'un œil...

— M. Ned-Bark ! Vous avez raison, ma tante, dit Alice, hâtons-nous !... et félicitons-nous cette fois d'avoir obéi à l'inspiration qui nous a conduites ici.

— Oh !... je ne me trompe jamais ! fit Mme Longré. Quand nous avons appris... ce que nous savons, j'ai dit tout de suite : En route !

— Et je vous ai obéi, comme toujours ! fit Alice en échangeant un regard avec Eusèbe.

Alice se tourna vers le guide et lui intima l'ordre de les conduire le plus rapidement possible à Saint-Augustin.

— Des guides ! s'écria Eusèbe en haussant les épaules. Si ça ne fait pas pitié ! Est-ce que j'ai eu besoin de guide, moi ! moi ! qui suis venu tout seul du Hâvre ici !... et si je voulais, est-ce que je ne vous conduirais pas tout droit à Saint-Augustin ?... J'en sors ! Tiens, Alice, je parie que ton fameux guide — qui a l'air de faire le malin — va prendre carrément à droite...

On se trouvait à une sorte de carrefour que traversait une route, allant naturellement en deux directions contraires.

Et le guide, qui avait sans doute le caractère mal fait, s'empressa de prendre à gauche.

— C'est ce que je voulais dire, murmura Eusèbe.

Puis, jugeant opportun de changer de conversation :

— Voyons, petite sœur, reprit-il en s'adressant à Alice qui avait pris son bras et lui avait confié la carabine qu'elle portait, tu vas me narrer tes petites aventures... Tu avoueras que pour un frère qui n'est pas une bête, et qui s'en vante, il y a quelque chose de surprenant dans l'apparition soudaine de sa sœur, armée de pied en cap comme un chasseur... dans un défilé assez laid qui ferait honte au plus mauvais de nos décorateurs!... Raconte-moi ça!

— Rien de plus simple! dit Alice. M. Valville nous avait laissées à la garde d'un excellent homme, d'un planteur de la Louisiane, M. Woodman.

— Ont-ils des noms dans ce pays-ci! grommela Eusèbe.

— Et, malgré nos inquiétudes, nous étions décidées à attendre son retour... quand une circonstance imprévue est venue changer nos résolutions...

— Ah! il y a une circonstance imprévue? j'adore ça! Ça me rappelle les romans... quand il y a : « Tout à coup!... »

— Cependant, dit Alice, ta curiosité ne sera pas encore satisfaite...

— Bah! et pourquoi donc?

— Parce que, monsieur mon frère, répondit Alice en baissant la voix, il est nécessaire d'être prudent... et que je ne connais pas les guides...

— Mais tu parles français!...

— Je me défie néanmoins, et je me reprocherais de compromettre par une imprudence le succès de l'entreprise tentée par M. Valville et ses amis. Donc tu sauras tout plus tard, quand nous serons arrivés...

— Bien!... je continue à être tout ouïes...

— Donc, cette circonstance imprévue... s'étant produite, il était de toute urgence que M. Valville en fût immédiatement averti...

— Eh bien! et le télégraphe! est-ce que, dans ce pays-ci, c'est pour les crocodiles?...

— On peut surprendre une dépêche...

— Diable! mais tu es très forte dans ce rôle-là...

— M. Woodman était indisposé, et du reste, je n'aurais pas voulu qu'il abandonnât seule notre chère Lucile...

— Lucile !... qu'est-ce que c'est que ça ?

— Ça !... sachez bien, monsieur Eusèbe, que c'est une très charmante jeune fille... qui vaut mieux que toutes vos — je ne trouve pas le mot — vos demoiselles de Paris.

— Admettons que ce soit un ange ! là !... et avec ça ?...

— C'est la sœur de M. Valville... et de la pauvre Jeanne qui a disparu...

— Alors, respect au courage malheureux ! Bon ! en fin de compte, mademoiselle Alice Lodier, si je ne suis pas le dernier des daims, n'était pas fâchée d'avoir un prétexte pour aller retrouver M. Charles Valville...

— Eusèbe !...

— Et elle s'est empressée — en raison de la circonstance imprévue dont s'agit — de se mettre en route... Mais pourquoi Mlle Alice Lodier a-t-elle dirigé ses pas — style d'opéra-comique — vers l'honorable cité espagnole de Saint-Augustin ?...

— Parce que c'était là qu'en cas de besoin nous devions adresser à M. Valville des lettres ou des télégrammes...

— Tiens ! il croyait donc, lui, qu'on pouvait télégraphier !...

— Maîtresse... Saint-Augustin ! dit Sambo en s'approchant et en désignant la ville qui s'estompait dans le crépuscule...

Cette interruption parvint à Alice, qui avait un peu rougi de ne pas relever l'impertinente remarque d'Eusèbe...

Alice lui apprit seulement qu'à Picolata elles n'avaient pas trouvé de voitures et avaient dû se munir de guides pour faire la route à pied.

Quelques instants après, ils entraient dans la ville, et bientôt à l'hôtel Saint-Jean. Eusèbe, qui avait fini par se reconnaître, était enchanté de servir de cicerone.

Il était alors près de six heures. Aucun des trois hommes n'avait encore reparu à l'hôtel.

— Oh ! ne pas s'inquiéter, dit Eusèbe ; avec Ned-Bark et Freedy, ils retomberont toujours sur leurs pattes.

Alice et Mme Longpré se retirèrent dans leur chambre pour réparer le désordre de leur toilette, tandis qu'Eusèbe s'installait à la porte de l'hôtel, fumant un cigare et attendant les événements

En vérité, il commençait à s'amuser beaucoup. Il trouvait tout ça très réussi. Il lui semblait qu'il assistait à une pièce de théâtre, avec péripéties, coups de scène, reconnaissances... Seulement, ça manquait de musique. Il aurait voulu des couplets.

Freedy arriva le premier, et, voyant Eusèbe :

— Où est Valville? lui demanda-t-il brusquement.

— Je ne l'ai pas vu!

— Et Ned-Bark!

— Pas vu non plus

Freedy laissa échapper un des plus purs jurons américains.

Au moment où Eusèbe ouvrait la bouche pour lui faire part des nouvelles, Ned-Bark parut à son tour.

— Et Valville? demanda-t-il, lui aussi.

— Il n'est pas arrivé!

Nouveau juron, cette fois, plus violent encore.

— Ah çà! qu'est-ce qu'il y a? demanda Eusèbe interloqué. Est-ce qu'il y a un malheur? Sapristi! ça n'est pas le moment?

Au même instant, Alice Lodier parut sur le perron. De sa fenêtre, elle avait aperçu Freedy, et, ne doutant plus que Valville fût avec lui, elle accourait à sa rencontre.

— Vous! vous ici! s'écria Freedy avec une sorte de colère. Cependant nous vous avons bien priée...

— De rester à la plantation... interrompit Alice. Mais quand vous saurez ce qui nous amène, vous comprendrez que nous devions venir. Mais, ajouta-t-elle, je ne vois pas Charles... M. Valville!...

Et *by Jove!* moi non plus, je ne le vois pas, s'écria Freedy, plus ému qu'il ne voulait le paraître. Et je donnerais bien un bras pour qu'il fût ici!

Alice pâlit, comme si elle eût reçu un coup en plein cœur :

— Quoi! dit-elle. Auriez-vous quelque sujet d'inquiétude?...

Freedy et Ned-Bark échangèrent un rapide regard et se turent.

— Messieurs, dit Alice d'une voix ferme, je suis la fiancée, je suis la femme de M. Valville... et je vous adjure de me dire la vérité, quelle qu'elle soit!...

— Entrons ! dit brusquement Freedy en pénétrant dans l'hôtel.

Là ils passèrent dans un salon particulier — un *parlour ;* et Freedy, s'adressant à Alice :

— Vous n'auriez pas dû venir, car ici nous avons tout à craindre de nos ennemis...

— Mais Charles ? parlez donc !...

— Je crains qu'il n'ait été attiré dans un piège !

— Lui !...

— Voici le fait. Depuis ce matin, nous avons battu Saint-Augustin et les environs, dans l'espoir de découvrir quelque indice qui nous mît sur la trace des misérables que nous poursuivons. Mais nos recherches avaient été infructueuses. Un instant seulement, nous nous sommes séparés, Ned-Bark pour se rendre à la police métropolitaine, moi pour aller rendre visite à un vieux flibustier qui aurait pu me renseigner, mais qui par malheur a quitté le pays, Charles enfin pour aller s'enquérir à la poste et au télégraphe si rien n'était arrivé à son nom... Au moment où je quittais le quartier où j'étais allé, un nègre s'approcha de moi et me demanda si j'étais bien le docteur Freedy...

Sur ma réponse affirmative, il me remit alors un billet sur lequel ces mots étaient écrits au crayon en français :

« Je crois être sur la piste. Soyez sans inquiétude. A ce soir. »

— Oui, c'est bien son écriture, dit Alice qui avait jeté les yeux sur le billet. Mais n'avez-vous pas interrogé le messager ?

— Certes, ma défiance avait été immédiatement excitée. Ce que m'apprit le nègre ne fit que l'augmenter. C'était sur les remparts du côté du fort Marion qu'il avait rencontré Valville. Celui-ci n'était pas seul, mais avec un personnage que le nègre me dépeignit comme un de ceux que nous appelons ici *carpet-taggers*, c'est-à-dire des aventuriers, capables de tout. Par malheur, Charles a depuis trop longtemps quitté ce pays pour être suffisamment en garde contre ces misérables... Ils allaient du côté de la campagne. Que s'est-il passé ? Comment Charles, auquel cependant j'avais si bien recommandé la prudence, a-t-il pu se laisser prendre à des offres, à des promesses, que sais-je ? à des mensonges ! C'est ce que je ne puis comprendre... J'ai rejoint Ned-Bark et il a été de mon avis...

— M. Valville a été attiré dans un piège tendu par nos ennemis, dit le détective.

— Il faut aller à son secours! s'écria Alice.

Freedy secoua la tête :

— Certes, telle est notre intention! mais les environs de Saint-Augustin sont coupés de cyprières, de bois, de taillis presque impénétrables, et je crains bien que nous n'arrivions trop tard...

— Qu'importe! fit Alice avec une sorte d'exaltation. Notre devoir est tout tracé... Partons! partons vite!

— Quoi! vous, mademoiselle!

— Ne vous ai-je pas dit que je l'aimais... et que dès maintenant je me considère comme portant son nom?...

— Très chic, la petite sœur? cria Eusèbe. Et moi aussi j'en suis, en route! et du diable si je ne le tire pas d'affaire!

Eusèbe devenait héroïque.

En quelques instants, nos quatre personnages furent prêts.

Mme Longpré s'était laissé persuader, comme toujours, et avait autorisé Alice à partir sans elle. Eusèbe avait pris une canne — découverte dans les paquets reconquis — un petit chef-d'œuvre dont la pomme représentait un caniche aboyant.

Comme il ne songeait pas à s'armer, il fallut qu'on le lui rappelât, mais il refusa nettement de se séparer de son jonc — chair franche, qu'il brandissait d'une main, tandis que de l'autre il retenait la carabine posée sur son épaule. Ned-Bark s'était hâté de commander des chevaux. Car il fallait avant tout gagner du terrain. Il serait temps de les abandonner quand disparaîtraient les chemins frayés.

Alice avait serré ses cheveux dans une sorte de bonnet de pêcheur qui ne risquait pas d'être emporté par le vent.

La petite troupe se composait de cinq personnes, Sambo n'y était point.

A ce moment, la lune se leva, superbe au-dessus de Saint-Augustin.

— Décidément, vous nous portez bonheur, dit Ned-Bark, à Eusèbe.

— Mais oui, j'ai assez de chance comme ça, fit Eusèbe d'un petit ton vainqueur.

On s'élança en selle, et les chevaux partirent au galop.

C'était Ned-Bark qui servait de guide. Aux questions qu'on lui adressait, il ne répondait qu'évasivement. Il se fiait à son instinct de détective. Pendant une demi-heure pas un mot ne fut échangé. Tous avaient l'oreille au guet, Freedy se tenait à côté d'Alice, inquiet, sans l'avouer, de quelque embuscade.

La route qu'ils suivaient conduisait à la rivière Matanzas.

La lune était si claire qu'on se fût cru en plein jour. Les nuits de la Floride ont souvent cette limpidité exquise. Les moindres objets sont visibles, les teintes blanches et les ombres se découpent avec netteté, et il arrive parfois que les travaux ne sont suspendus que fort avant dans la nuit.

A deux heures environ de Saint-Augustin, ils avisèrent au milieu d'une sorte de clairière des hommes qui sciaient un tronc d'arbre. Ned-Bark donna ordre qu'on s'arrêtât et se laissa glisser en bas de son cheval.

Il y avait là une hutte appuyée contre des troncs de palmier, et un feu clair brûlait sur la terre.

Ned-Bark s'avança vers les deux hommes et les questionna.

Ceux-ci ne firent aucune difficulté à lui répondre, et il apprit qu'une troupe de trois cavaliers était passée sur la route, il y avait environ une heure et demie.

— L'un des trois était un Français, dit un des travailleurs.

— A quoi l'avez-vous reconnu ? demanda Ned-Bark. Lui avez-vous donc parlé ?

— Non pas, dit l'homme en riant. Mais il parlait à son cheval, et, vous savez, nous n'avons pas la même langue pour diriger les animaux...

— C'est vrai, fit le détective. Selon vous, où se dirigeaient-ils ?

— Ceci serait difficile à dire. Cette route n'a pas d'issue directe ; à trois heures d'ici, elle se perd dans les cyprières qui s'étendent jusqu'à la rivière Matanzas...

— Et *by God*, dit l'autre, ils allaient si vite qu'on les

aurait crus capables de sauter d'un seul bond par-dessus la mer jusqu'à l'île Anastasia...

Quand Ned-Bark *revint* vers les *compagnons*, son visage s'était encore plus assombri. Maintenant il ne doutait pas que Valville n'eût été entraîné par des émissaires de Ralph le Rouge. Rien n'indiquait cependant qu'il fût traité en prisonnier. Donc c'était volontairement qu'il avait suivi ses pires ennemis. Quelles promesses lui avaient-ils faites? de quelles espérances l'avaient-ils leurré! Comment Charles s'était-il laissé tromper? Toutes questions qui restaient sans réponse!

Cependant il avait obtenu un renseignement précieux: la route était subitement coupée par les fondrières. Il se pouvait qu'en hâtant l'allure des chevaux on parvînt à rattraper les autres, dont la marche ne pouvait être rapide...

— En avant! s'était écrié Ned-Bark.

Et sous la piqûre de l'éperon, les chevaux étaient repartis ventre à terre...

En une heure ils franchirent l'espace qui les séparait des cyprières. Jusqu'ici rien ne les avait avertis, mais aussi aucun nouvel indice n'avait été recueilli. Ned-Bark se demandait si réellement il suivait bien la bonne piste.

Avant de s'engager dans les dédales des cyprières, il fallait abandonner les chevaux; et ils se demandaient s'ils allaient se contenter de les attacher à des arbres, mesure doublement dangereuse, car les reptiles et les voleurs de chevaux étaient également à craindre, quand Ned releva tout à coup la tête. Il venait de percevoir un bruit étrange et régulier, celui de coups monotones.

Ils se trouvaient alors enfermés dans une sorte de défilé dont un des côtés était formé par une colline de pierre blanche comme de la craie, sur laquelle la reverbération de la lune jetait des teintes éclatantes: Ned contourna le pied de cette roche et vit des bâtiments noirâtres qui y étaient adossés. C'était une scierie mue par un vieux moulin qu'alimentait un cours d'eau sortant des flancs de la roche. A la lueur de la lune, des nègres travaillaient, et une femme battait avec énergie des pains de manioc.

Ned-Bark n'hésita pas, et s'étant adressé à un des nègres, il obtint facilement l'hospitalité pour les chevaux.

Du reste, ces exilés du reste de la terre n'avaient remarqué ni chevaux ni cavaliers. Seulement Ned apprit qu'en contournant tout à fait le pied de la colline crayeuse, il se trouverait sur le bord de la rivière Matanzas...

Était-ce donc par là que Valville avait été conduit?

Une sorte de conseil de guerre fut tenu. Ned, appuyé par Sambo, déclara après examen que nul ne s'était engagé depuis longtemps dans la cyprière qui ne portait pas trace de pas.

Au contraire, en examinant attentivement le sol, — ce que par bonheur la clarté exceptionnelle de la nuit rendait facile, — ils purent se convaincre facilement que des traces de piétons se dirigaient vers la rive.

On ne voyait plus de vestiges de chevaux.

Sans doute, les cavaliers les avaient quittés en quelque autre endroit que la petite troupe n'avait pas remarqué.

La terre s'abaissait jusqu'au bord de la rivière...

Tout à coup Eusèbe poussa un cri :

— Sapristi ! là-bas ! regardez !

Tous les yeux suivirent la direction que sa main indiquait, et on aperçut une barque qui filait sur le flot, entraînée par de rapides rameurs.

La rivière Matanzas, qui sépare la côte de l'île Anastasia, est large de plus de trois kilomètres, mais elle est parsemée d'îles qui coupent la perspective.

La barque fuyait avec rapidité. Elle ne pouvait aller en droite ligne, forcée à chaque instant de contourner les îlots.

— Et voici une barque qui ne fait rien ! cria Eusèbe. Allons-y !

C'était vrai. Un canot muni de ses avirons était échoué sur le sable.

Il n'y avait pas à hésiter. Les quatre hommes poussèrent la barque qui en quelques secondes fut à flot.

Alice, dont le courage ne se démentait pas un seul instant, se plaça au gouvernail. Les hommes saisirent les avirons.

— Ohi ! hisse ! cria Eusèbe. Ça me rappelle les régates d'Argenteuil ! On va prouver à ces matous-là ce que c'est qu'un loup de Seine... Allons ! nagez, les enfants !

Voici que cet excellent Eusèbe s'érigeait en capitaine de vaisseau. Il ne doutait plus de rien. Si l'Amérique avait encore été à prendre, il eût été capable de la conquérir à lui tout seul...

Les rames plongèrent dans l'eau, la barque fila comme une flèche.

— Une, deux, trois! une, deux, trois! commandait Eusèbe. Pas de nerfs! ne serrons pas les coups! Une, deux, trois!...

Cependant l'autre barque avait une avance considérable, et, s'engageant dans les méandres des îles, elle allait disparaître.

En vain, les quatre compagnons redoublaient d'efforts; ils virent la barque se perdre derrière un rideau de terre et d'arbres!

— Sapristi! cria Eusèbe. Ca n'est pas de jeu, cela!

On ne renonçait pas à la poursuite. Les rameurs étaient vigoureux : mais le flot était violent, et, de plus, on ne connaissait pas la nature des fonds. Deux fois la quille s'engagea dans les herbes, et on perdit plusieurs minutes à se dégager.

Ce n'était pas tout, la lune descendait, rapidement au-dessus de l'horizon, et déjà l'obscurité venait... Alice, se tordant les mains, se désolait de se sentir impuissante à défendre, à sauver celui pour lequel elle aurait donné sa vie.

Ils parvinrent cependant à contourner l'île derrière laquelle la barque avait disparu. Mais alors la nuit s'était faite profonde, il était impossible de rien distinguer... Continuer la poursuite devenait impossible!...

— Mon Dieu! il est perdu! murmura Alice.

— Mais non! petite sœur! s'écria Eusèbe. Ah çà! est-ce que je n'en ai pas vu de plus dures que ça, moi qui n'ai fait que causer avec les crocodiles chargés de famille et des serpents qui empestaient...

— Alligators et serpents sont moins dangereux que ces hommes, dit Ned-Bark en secouant la tête.

— Allons! empêcheur de danser en rond! s'écria Eusèbe. Est-ce que vous allez aussi lui mettre la mort dans l'âme?... Moi, je vous dis qu'on lui retrouvera son Charles, frais comme une rose...

Il fut récompensé de ses encouragements par une pression de main.

— Après tout, dit Ned-Bark, je ne me suis jamais découragé, et je ne commencerai pas aujourd'hui... Docteur Freedy, que pensez-vous de la situation ?

— Selon moi, dit l'interrogé, voici ce que nous devons faire... Nous nous approcherons de l'un de ces îlots, et nous y amarrerons solidement la barque, puis nous nous couvrirons bien, et nous passerons là la nuit... Demain, dès que le jour se lèvera, nous étudierons attentivement les lieux, et nous aviserons...

— C'est le plus prudent, dit Ned-Dark. Et si mademoiselle Alice ne fait aucune objection...

— Je suis prête à tout, dit la jeune fille d'une voix grave...

On obéit à Freedy, et quelques instants après, la barque était amarrée dans une petite crique ménagée sur la rive d'un des îlots.

Puis la nuit passa, longue, lugubre..

Nul ne dormait... et cependant aucun mot n'était échangé...

Que se passait-il ? Quel sort était réservé à Charles Valville ?...

— Le jour ! s'écria enfin Eusèbe.

En effet, une teinte blanchâtre se répandait dans l'atmosphère...

Mais au même instant, comme si ce cri eût été un signal, des coups de feu retentirent au loin.

XVI

A L'ILE ANASTASIA

— Vous avez entendu ! s'écria Alice, c'est lui qu'on assassine !...

— Allons donc ! on ne tue pas un Français comme ca ! dit Eusèbe... Aux armes, les amis !

Déjà les hommes avaient ressaisi les avirons.

Dans le profond silence du matin, les détonations avaient été si nettes qu'il était facile de distinguer dans quelle direction elles s'étaient produites.

Du reste, eussent-ils encore hésité que de nouveaux

coups de fusil, retentissant dans le lointain, leur servaient de guides.

La première explosion — à n'en pas douter — avait été produite par plusieurs armes tirées à la fois. Mais maintenant les coups étaient isolés, à des intervalles éloignés, et de plus il semblait que l'écho se rapprochât.

Tout en échangeant rapidement ces observations, les rameurs entraînaient la barque qui filait avec une incroyable promptitude.

Maintenant que le jour était levé, ils s'apercevaient qu'au delà des îlots qui leur avaient servi d'asile pour la nuit, la rivière était libre jusqu'à la côte d'Anastasia, qui n'était plus séparée d'eux que par deux milles environ.

Puis ils virent au-dessus des massifs d'arbres qui bordaient la rive un léger nuage de fumée.

— Courage ! s'écria Alice qui, ayant saisi sa carabine, se tenait droite maintenant à l'arrière du bateau le doigt sur la détente.

Eusèbe ne *blaguait* plus, il sentait — comme ses compagnons — que le moment décisif approchait. La barque, coupant le flot sous l'impulsion de nos vigoureux amis, allait droit vers la rive. Encore quelques minutes, et ils allaient l'atteindre...

A ce moment, ils virent une scène terrible...

Un homme courait dans leur direction, se frayant un chemin à travers les lianes, tandis qu'à quelque distance derrière lui, deux formes humaines, debout sur une sorte de promontoire, la carabine à l'épaule, semblaient attendre le moment où il reparaîtrait pour lui envoyer leurs balles mortelles.

— Pied-Sanglant ! cria Freedy. Oh ! cette fois, pas de pitié.

Et, arrachant la carabine des mains d'Alice, il se dressa à son tour, criant :

— Haut les rames ! laissez glisser !

Et pendant quelques secondes, la barque, obéissant à l'élan donné, glissa sans balancement.

Charles, car c'était lui que guettaient les misérables, allait sortir du bois. Encore un instant, et il arrivait sur un espace découvert.

Un coup de feu retentit.

L'un des deux Peaux-Rouges étendit les bras et tomba en avant...

Mais, au même moment, l'autre tira sur Valville... L'avait-il atteint? On vit le jeune homme faire encore quelques pas en avant, puis il tomba à son tour dans le flot...

Les amis arrivaient-ils donc trop tard?...

L'angoisse de tous était telle, que dans le silence terrible de l'attente, on aurait pu entendre battre leurs cœurs...

Mais la voix de Sambo cria :

— Ici... à gauche!... dans l'eau!... le fils du maître!

En effet, dans la direction indiquée, une forme sombre se détachait au milieu des flots. Les rames agirent, et enfin Ned-Bark, se penchant hors de la barque jusqu'à mi-corps, saisit par ses vêtements Charles Valville...

Valville, épuisé, sanglant, si pâle que, le regardant, Alice crut qu'on n'avait sauvé qu'un cadavre, et elle tomba à genoux au fond de la barque, saisissant dans ses deux mains la tête de celui qu'elle appelait son époux...

— Alice! murmura-t-il d'une voix défaillante, Alice!

— Vivant! s'écria Alice...

Mais déjà il semblait qu'une fois de plus l'amour — profond, sincère, honnête, — eût accompli un nouveau miracle. Oui, Charles vivait, le sang affluait à son visage, et, saisissant les mains d'Alice, il les portait à ses lèvres, la regardant avec adoration.

Cependant la barque, chassée par les avirons, atteignait la côte Anastasia, rive sauvage, où plus d'un débris prouvait que bien souvent la tempête y jetait ses épaves...

— Freedy, dit Ned-Bark, occupez-vous de donner les premiers soins au blessé! Moi et Sambo, nous allons en chasse...

— Surtout, de la prudence, s'écria Freedy.

Mais déjà le détective et le nègre, la carabine au poing, s'étaient élancés à travers la cyprière. Ned-Bark avait marqué d'avance son but. C'était le monticule sur lequel les yeux perçants de Freedy avaient reconnu le Séminole, Pied-Sanglant. L'Indien était tombé frappé d'une balle, mais vivait-il encore? Ne pourrait-on pas lui arracher quelque aveu suprême!

Cet espoir devait être déçu. Le Séminole était immobile, la balle de Freedy l'avait frappé en plein cœur. Il était tombé, la face en avant, ayant seulement aux lèvres une légère écume blanche.

Mais il n'était pas seul. Qu'était devenu son complice, le misérable qui avait tiré sur Charles Valville?

De la hauteur où il se trouvait, Ned-Bark embrassait toute l'étendue de l'île Anastasia, longue et étroite. Aucun vestige d'être humain n'y paraissait.

Ils firent le tour du monticule. Et tous deux poussèrent un cri de colère. A quelques brasses de la côte occidentale, une chaloupe pontée, gréée en cutter, s'éloignait de la rive à force de voiles.

Et, comme pour qu'ils ne doutassent pas que leurs ennemis leur échappaient, un homme, — le Peau-Rouge qu'ils cherchaient, — s'était jeté à la mer, atteignait le bâtiment d'où une corde lui était jetée, et mettait le pied sur le pont.

Avec une exclamation furieuse, Ned-Bark déchargea sa carabine; mais la distance était déjà trop grande pour que le plomb pût la franchir. Le cutter filait rapidement.

Ned-Bark revint vers le Pied-Sanglant, saisi de je ne sais quel espoir que son premier examen l'avait trompé. Sambo, comprenant sa pensée, courait en avant. Et tandis que Ned examinait les environs, le nègre se pencha sur l'Indien... Il se trouvait alors sur le bord d'une fissure qui séparait la roche, comme si elle eût été tranchée d'un seul coup par l'épée d'un géant.

Et voici que les bras du Séminole, se détendant tout à coup, le saisirent à la gorge, tandis que le misérable, se tordant sur le sol, l'attirait vers l'abîme... Surpris, impuissant à se dégager, Sambo était perdu!... Le Séminole mourait, mais du moins il voulait une vengeance suprême. Le mouvement avait été si brusque que Ned-Bark, qui, en ce moment, jetait un dernier regard de colère sur le cutter, n'avait pu même entendre le râle du nègre...

Au moment où il se retourna, il vit Sambo suspendu au-dessus du gouffre, ne se retenant qu'à une racine que ses mains convulsives avaient saisie, tandis que Pied-Sanglant pesait sur lui de tout le poids de son corps. Ned accourut, et, détachant son revolver de sa ceinture, il l'appuya sur le front de l'Indien. Le coup partit. Au même instant, Ned saisissait le bras de Sambo, et d'un effort vigoureux le remontait sur l'arête du roc.

Il y eut un bruit sourd. Le corps du Séminole rebondissait sur les aspérités de la pierre. Puis un dernier choc. Puis rien. Cette fois ce terrible ennemi n'était plus à craindre.

Sambo s'était incliné devant le détective, et, lui prenant la main, l'avait baisée.

Ned était plus ému qu'il ne le voulait paraître. Aussi, relevant Sambo avec brusquerie :

— Nous n'avons plus rien à faire ici, dit-il, allons retrouver nos amis.

A cet instant, Eusèbe accourait :

— Eh bien ! qu'est-ce qu'il y a ? s'écria-t-il. On s'amuse donc les uns sans les autres !...

— Où avez-vous laissé M. Valville ?...

— A quelques pas d'ici... étendu sur un lit de branchages. Oh ! rien à craindre ! la balle de ces gredins a seulement effleuré l'épaule. Il va comme un charme...

En effet, au moment où Ned et Sambo s'approchaient, ils virent Charles debout, encore pâle, mais l'œil brillant.

— Ah ! monsieur Ned-Bark ! lui dit Valville en lui tendant la main, je sais ce que vous avez fait pour nous...

— Ne parlons pas de cela, dit le détective. Voyons ! parlons franchement ! êtes-vous blessé ?...

— Ce n'est rien, déclara Freedy. Un seul pansement suffira.

— En ce cas, dit Ned, nous n'avons pas de temps à perdre.

Et il raconta ce qu'il venait de voir.

— Vous seul, Valville, pouvez nous dire quels sont les hommes qui s'enfuyaient sur ce cutter...

— Ces hommes, dit Charles, c'est Ralph le Rouge et sa bande d'assassins !...

— Je m'en doutais ! fit Ned. Ah ! pourquoi n'ai-je pas tenu ce bandit au bout de ma carabine ! Mais il vous reste à nous apprendre comment vous avez été assez imprudent — vous me pardonnerez le mot, j'espère — en nous quittant ainsi pour aller à l'aventure...

— Vous saurez tout, dit Charles ; mais croyez que pour m'avoir attiré dans le guet-à-pens, il a fallu que cet homme employât des moyens bien puissants... Mais avant tout, ne croyez pas qu'il serait inutile de fouiller leur repaire... Qui sait s'ils n'ont pas abandonné quelque indice qui nous mettrait sur leur piste.

— Leur repaire ! fit Ned surpris. Que voulez-vous dire !...

— J'ai été conduit ici même, dans une sorte de masure abandonnée...

— C'est singulier, je n'ai rien aperçu de semblable...

— Oh ! le lieu est bien caché. Mais suivez-moi, et je compte bien que nous le retrouverons...

La petite troupe se mit en marche.

Alice, bien heureuse, s'appuyait au bras de son fiancé. Elle n'avait pas eu de peine à se faire pardonner sa désobéissance aux instructions qui lui ordonnaient de rester à la plantation Woodman.

Mais elle refusait encore de répondre aux questions dont on la pressait, sur le mobile qui lui avait fait quitter son asile si brusquement.

— Je vous dirai tout, répétait-elle. Mais je veux savoir ce qui s'est passé. Les nouvelles que j'apporte n'auront d'importance réelle que si elles concordent avec ce que vous avez appris vous-mêmes.

L'île Anastasia était, au siècle dernier, une des plus fortes redoutes des Espagnols ; son sol accidenté se prêtait admirablement à la défense. On voyait encore des traces de fossés et de circonvallations. Et quand on eut franchi le bois touffu qui formait sur la rive occidentale comme un épais rideau, on aperçut une sorte de haute muraille, taillée à pic dans la falaise et par-dessus laquelle la mer, qu'on ne voyait pas encore, deferlait avec une violence inouïe, lançant des vagues qui s'éparpillaient en masses écumeuses.

Et sur la crête de cet énorme remblai naturel, des bâtiments de bois — qui jadis peut-être avaient servi à un poste — semblaient suspendus au-dessus de l'abîme.

— C'est là que ces hommes m'ont conduit ! dit Charles en les désignant de la main.

— Mais je ne vois aucun moyen de gravir cette élévation, dit Freedy.

— Attendez. En suivant le pied de la falaise, il se trouve une sorte de lac, formé par les infiltrations de la mer. Là nous rencontrerons un pont de bois, qui conduit à une espèce d'escalier taillé en plein roc...

Mais il s'interrompit tout à coup :

— Ah ! les misérables ! s'écria-t-il. Avant leur départ, ils ont détruit le pont.

Il y eut un moment d'hésitation.

Mais voici que le bel Eusèbe, qui jusque-là avait gardé le silence, ôta rapidement le veston — couleur de l'aurore — qui moulait ses formes gracieuses, retroussa vaillamment ses manches jusqu'au coude, puis, courant sur le bord de la nappe d'eau où il venait d'aviser des troncs d'arbre, en saisit un dans ses bras en criant :

— Quand il n'y a pas de pont, on en fait un, v'là tout !

Il avait raison. Il y avait là plus de bois qu'il n'en fallait pour établir une passerelle provisoire. Au même instant, tous se mirent à l'œuvre. En s'éloignant de la chute d'eau, on trouva un point plus étroit. Sambo se mit à l'eau. Et en moins d'une demi-heure, les six personnages, franchissant la nappe écumeuse, se trouvèrent au pied de l'escalier dont Valville avait parlé.

Attention ! dit Ned-Bark. Et les carabines au poing !

Ils montaient lentement, l'oreille au guet. Enfin ils atteignirent le sommet de la muraille et un cri d'admiration leur échappa. De ce côté, l'Océan splendide s'étendait à perte de vue. Les vagues se ruaient avec fureur sur ce vestige de la puissance espagnole, encore si massif et si fort qu'il résistait aux efforts incessants de la mer.

Les bâtisses de bois étaient de construction plus récente. Sans doute elles avaient été élevées au moment de la guerre de sécession, servant de sémaphore aux navires qui avaient bloqué le nord de la Floride. Maintenant ce n'était plus qu'un nid de vautours ou de bandits.

— Nous voici arrivés, dit Valville, qui marchait en avant.

Suivant alors la crête du môle, il parvint à un escalier de bois, et l'ayant gravi, poussa une porte vermoulue qui donnait accès dans une large pièce, où des traces récentes prouvaient le campement d'une troupe d'hommes. Un feu — encore allumé — jetait sa lueur rouge sur la vaste cheminée maçonnée.

— Les hommes se mirent à fouiller les bâtiments, ne

laissant aucun recoin inexploré. Mais il n'était que trop évident que les bandits avaient pris la fuite.

— Ecoutez-moi donc, dit Valville, alors que tous se trouvèrent de nouveau réunis dans la pièce où ils étaient entrés d'abord et que garnissaient quelques sièges, je vais vous faire connaître le récit de cette étrange et pénible aventure.

« Au moment où, à Saint-Augustin, je m'étais séparé de Freedy et de Ned-Bark, je me dirigeai, vous vous en souvenez, vers le Post-Office. Là j'eus peut-être le tort de ne point prendre assez de précautions en demandant les dépêches et en donnant mon nom. En sortant du bureau, je fus abordé par un personnage de haute taille, sanglé dans un manteau, qui — très poliment d'ailleurs — me demanda si je ne me nommais pas Charles Valville.

« Sur ma réponse affirmative, il reprit :

« — Pardonnez-moi, monsieur, si je prends cette liberté. Mais je sais que vous êtes en Floride pour des intérêts graves... et si vous consentez à avoir confiance en moi, je vous ferai d'importantes révélations...

— Je suis jeune, mes chers amis, dit Charles, interrompant un instant son récit. J'aurais dû refuser d'écouter cet homme, mais le ton mystérieux dont ses paroles étaient prononcées piquait ma curiosité. Je le suivis, d'autant plus facilement qu'il me parla du crime commis à Battle-Field et de l'enlèvement de ma chère Jeanne. Et comme — avec un dernier éclair de raison défiante — je lui demandais de m'expliquer quel intérêt pouvait le porter à me donner des renseignements...

« — C'est bien simple, dit-il ; vous êtes riche et vous me payerez bien.

« Rien n'était plus logique. Mais il se refusait d'ailleurs à me faire connaître immédiatement les informations que j'attendais. Il m'expliquait qu'il avait fait partie, avec d'autres complices, de la troupe dont Ralph le Rouge était le chef. Il n'avait pas trempé dans les crimes de Battle-Field, mais il avait tout appris. Depuis, lui et ses acolytes avaient eu à se plaindre de leur chef, et ils s'étaient résolus à trafiquer des secrets qu'ils avaient surpris. Mais, comme naturellement tous ces hommes se défiaient les uns des autres, ils s'étaient engagés à ne livrer ces secrets qu'en présence les uns des autres.

Sapristi! là-bas... regardez!...

En somme, tout cela semblait vraisemblable. Et puis le nom de ma sœur, plusieurs fois prononcé, me donnait une sorte de fièvre. Je consentis à tout. Nous sortîmes de la ville, et là nous trouvâmes des chevaux, et nous nous lançâmes au galop. Quelle est la route que nous avons suivie ? je l'ignore et je m'étonne encore que vous ayez pu retrouver ma trace ! Nous trouvâmes une barque sur le bord de la rivière. Deux hommes y étaient déjà, qui semblaient nous attendre. Enfin nous arrivâmes dans cette île et nous suivîmes le chemin que je vous ai indiqué, et je fus introduit dans cette même salle où nous sommes maintenant.

« Mais à peine y avais-je fait un pas, que je compris alors que j'avais été joué et que maintenant j'étais en péril.

« Une douzaine de bandits, armés jusqu'aux dents, occupaient cette pièce, et au milieu d'eux je remarquai deux Indiens.

« Je me taisais, attendant que l'un de ces misérables me fît connaître le sort qui m'était réservé, quand une porte s'ouvrit, et un nouveau personnage parut, un homme de très haute taille, aux traits durs, à la physionomie empreinte d'une énergie sauvage.

« Je ne sais quel instinct me révéla que j'avais devant moi l'assassin de mon père, et, entraîné par une fureur dont je n'étais pas maître :

« — Tu es Ralph le Rouge, m'écriai-je. Malheur à toi !...

« Et quoique je fusse sans armes, je m'élançai vers lui. Mais au même instant vingt bras me saisirent et me réduisirent à l'impuissance.

« — Puisque vous savez mon nom, dit cet homme en ricanant, inutile de procéder à la présentation. Vous me cherchiez, vous m'avez trouvé plutôt que vous ne supposiez. Votre premier mot a été une parole de colère. J'espère cependant que nous pouvons mieux nous entendre ; et pour vous prouver que je fais les premiers pas vers la conciliation, — il se tourna vers les hommes qui me tenaient, — laissez à M. Valville toute sa liberté.

« Les mains qui m'avaient saisi s'écartèrent. Je restai calme, immobile. J'avais réfléchi. A quoi servait la violence ? Et maintenant ne devais-je pas avant tout, me trouvant en face de mon ennemi, apprendre enfin quels étaient ses desseins ?

« — Je vous écoute, lui dis-je en le regardant en face. Seulement, souvenez-vous qu'il y a ici un assassin et son juge... et que le juge, c'est moi !

« Une singulière contraction passa sur le visage du bandit. Cependant il conserva son sang-froid.

« Maintenant, continua Charles, je vous supplie, mes amis, si invraisemblable que soit mon récit, d'y ajouter une foi entière... Je vous fais grâce des interruptions que je lançai à travers les divagations de ce misérable, et je ne veux vous donner que la substance même de ses paroles.

« Il parlait doucement, et je dois le dire, son attitude était celle d'un homme bien supérieur à l'atroce métier qui était le sien :

« — M. Valville, me disait-il, je suis un criminel, je le reconnais. Cependant sachez que, non seulement je n'ai pas trempé mes mains dans le sang de votre père, mais que de plus c'est moi qui ai sauvé la vie à Mlle Lucile, la sœur de Jeanne. Mais ce que je ne vous cacherai pas, c'est que je dirigeais l'expédition contre la plantation de votre père, mais dans quel but ? Il faut que vous sachiez tout ! J'aime — d'une passion insensée, furieuse, — votre sœur Jeanne... J'étais allé à elle loyalement, et je lui avais dit : « Soyez à moi et je ferai de vous la plus heureuse des femmes ! »

« Ici une pâleur livide se répandit sur le visage de Ralph. En quelques mots, d'un geste, il ordonna à ses acolytes de s'éloigner. Resté seul avec moi, il s'approcha et me dit de sa voix qui sifflait entre ses dents serrées :

« — A toutes mes protestations d'amour, votre sœur a répondu par la haine et le mépris ! Alors je suis devenu fou. Je me suis dit que malgré elle, malgré tous elle serait à moi... Voilà pourquoi, Charles Valville, j'ai brûlé la plantation de votre père... Voilà pourquoi aujourd'hui votre sœur est en mon pouvoir... »

« — Vous comprenez, mes amis, quel effort j'avais dû faire pour me contenir. Quand il eut achevé, croisant mes deux bras sur ma poitrine, je lui dis :

« — Ainsi, vous osez m'avouer, à moi, que vous avez usé de violence...

« — Non ! non ! s'écria-t-il, je vous donne ma parole que j'ai respecté votre sœur. Elle me repousse, elle me hait, elle me méprise... toujours! Eh bien! savez-vous pourquoi vous êtes ici? C'est que Mlle Jeanne m'a dit, en souriant de ce sourire dédaigneux qui me fait au cœur une horrible blessure : « Le jour où mon frère y aura consenti, je serai votre femme! » Comprenez-vous, j'aurais pu la contraindre à m'obéir... Eh bien! non! Je l'aime, moi, Ralph le Rouge, moi le bandit hors la loi, je me courbe, je me soumets devant elle! Oh! cela doit vous paraître impossible! Cependant, c'est la vérité. Jusqu'à ce jour, mon respect ne s'est pas démenti. Mais prenez garde, ajouta-t-il avec une fureur concentrée, toute patience se lasse!... Monsieur Charles Valville, je viens réclamer de vous ce consentement, cet ordre que votre sœur attend... et je suis résolu à tout pour l'obtenir!...

« J'étais atterré! Il y avait en cet homme un inexplicable mélange de grandeur et de bassesse, d'humilité et de férocité qui me troublait.

« — Et si je refuse de vous obéir?

« — Alors, fit-il avec un élan de rage, vous êtes en mon pouvoir... Je vous tuerai!

« — Tuez-moi donc!

« Et ce misérable se traîna à mes genoux, me suppliant, m'implorant. Le temps passait. Et je ne sais quel espoir me venait que bientôt je serais délivré. Il me dit enfin :

« — Écoutez, vous ne savez pas qui je suis! Vous croyez connaître en moi Red Ralph, le bandit. Sachez donc que je porte un des noms les plus honorés de l'Amérique, je me nomme Ralph S...[1]!

« Comme bien vous le pensez, je restai inébranlable. Alors Ralph fut en proie à une crise de colère réellement épileptique. Sur son ordre on me saisit et je fus jeté dans une sorte de cachot qui atteint à cette salle. Les heures passaient. Je me demandais si ce misérable ne m'avait pas condamné au plus horrible des supplices, à la mort par l'isolement, par la faim!... Tout à coup, je m'aperçus que, de mon cachot, une ouverture mal fermée donnait sur le roc à pic... Appelant à moi tout mon courage,

1. Pour des raisons de convenance, que l'on comprendra facilement, nous supprimons ce nom, honorablement porté dans la province de Baltimore.

je tentai une évasion qui ne réussit qu'à demi... car je fus aperçu au moment où je me glissais sur la déclivité de la muraille... On se lança à ma poursuite... Vous savez le reste !

« Oh ! s'écria Charles. Ma sœur ! ma pauvre sœur est perdue ? Qui donc me dira où je puis la découvrir, l'arracher aux mains de ce misérable ?

Alors Alice Lodler se levant :

— Prenez courage, Charles Valville. Où est votre sœur ? Je vais vous le dire.

XVIII

LA RÉVÉLATION

— Vous m'avez demandé, reprit Alice dont la physionomie revêtit tout à coup un caractère de gravité qui contrastait avec l'expression gracieuse et affable de ses traits, vous m'avez demandé pourquoi j'étais venue, pourquoi, malgré vos instructions, je dirai plus, malgré vos prières, j'avais quitté la plantation de M. Woodman, entraînant avec moi ma tante, cette femme si bonne que je n'hésitais pas à exposer à de dures fatigues... je ne veux pas croire que vous ayez supposé, monsieur Valville, que j'ai obéi à un caprice d'enfant...

Charles protesta d'un geste. Ne la remerciait-il pas d'être venue et d'avoir par son sourire mis un peu de lumière dans les ténèbres où il se débattait ?

— Je tenais seulement, reprit Alice, à bien vous faire comprendre tout d'abord que j'eusse respecté votre volonté, si des causes graves — vous en jugerez vous-même — n'étaient venues me contraindre à désobéir...

— Je n'ai jamais douté de vous, Alice.

— Merci ! maintenant, je craindrais de vous causer une joie passagère qui fût suivie d'une désillusion... C'est pour cette raison que j'ai tant tardé à parler...

— Que voulez-vous dire ? s'écria Charles.

— J'ai peur que, vous disant nettement ce que je sais, ce que je crois savoir... vous ne conceviez des espérances qu'un seul mot pourrait détruire...

— Mon Dieu !... Achevez... de grâce !

— Monsieur Ned-Bark ! demanda Alice en se tournant vers le détective, vous connaissez la côte méridionale de la Floride !

— Oui, mademoiselle. Et je crois pouvoir affirmer qu'il n'est pas une anse, une déchirure de rive qui ne me soit connue...

— Alors... dites-moi !... et répondez bien franchement. Avez-vous jamais entendu parler d'un lieu qui se nommerait...

Elle hésitait, ayant peur peut-être d'une négation de l'Américain.

— Dites ! fit Ned-Bark. Je crois tout connaître... et cependant il se pourrait qu'au milieu de tant de dénominations fantaisistes l'une d'elles m'eût échappé...

Alice, surmontant son émotion — émotion qui n'avait d'autre motif que le sentiment de crainte exprimé tout à l'heure — fit un effort sur elle-même et dit d'une voix grave :

— Connaissez-vous un endroit de la côte... appelé Devil's Rock !

— Roc-Diable ! s'écria Ned-Bark. Certes !... et tous les côtiers de la Floride le connaissent comme moi ! un rocher énorme, qui, par les temps de brouillard, semble se perdre dans le ciel...

— Ah ! *Devil's Rock* existe ! fit Alice avec un cri de joie.

— Si cela existe ! Allez donc demander aux navires qui par les hautes marées, par les tempêtes tourbillonnantes de l'Atlantique ont été lancés sur ce récif ! Trop souvent ceux qui ne le connaissent pas n'apprennent son existence qu'à l'heure suprême...

— C'est donc un écueil...

— Roc-Diable ! reprit Ned-Bark doit son nom, non seulement à la majesté effrayante de sa masse noirâtre qui se dresse au-dessus des vagues, mais surtout... à un caractère spécial qui en fait la terreur de tous ceux qui naviguent dans ces parages...

— Dites ! dites ! articula Alice dont le visage exprimait une perplexité profonde.

— Voici ! Roc-Diable se dresse sur la rive, à quelques vingt lieues d'ici. C'est une masse noirâtre... tenez, docteur Freedy, vous qui avez voyagé en Amérique, vous avez vu dans la Forêt-Noire de ces défilés sombres, sur lesquels de chaque côté se dresse d'énormes murailles... L'un des rocs qui constituent Roc-Diable est un monolithe gigantesque... l'autre semble n'en être qu'une partie détachée... Mais ce qui est véritablement étrange, c'est que par les temps calmes Roc-Diable se trouve à plus d'un mille de la rive... mais que l'Océan s'irrite, et plus rapidement que par le temps de haute marée, le flot gagne sur le terrain... roule, s'élance, bondit et vient se ruer contre la base de ces rocs... Plus d'un cutter a été saisi par ce remous inexplicable... et est venu se briser contre Roc-Diable!... Bien souvent, au pied de la falaise, le soleil levant a éclairé des épaves et des débris d'êtres vivants... Voilà ce que je sais... Voilà pourquoi je vous disais que Roc-Diable est l'écueil le plus dangereux peut-être de la côte floridienne.

— Mais enfin! s'écria Valville, pourquoi, chère Alice, demandez-vous ces renseignements! ne vous jouez pas de mon impatience!... Si vous saviez quelle fièvre je ressens!...

— Mon ami, dit Alice. Croyez bien que je n'agis qu'en pleine connaissance de cause. Je veux avant tout vous éviter une douleur... c'est-à-dire une espérance trompée. C'est pourquoi, si M. Ned-Bark me le permet, je lui adresserai encore une question...

— Je suis à vos ordres, mademoiselle, fit le détective en s'inclinant.

— Entendez-moi bien, et avant de me répondre, réfléchissez que de votre réponse dépend toute la campagne que vous avez entreprise contre les ennemis du père de M. Valville... de celui que j'aurais appelé mon père...

— Parlez, mademoiselle.

— Ce récif que vous appelez *Roc-Diable* peut-il servir de refuge à des bandits?...

— Certainement! interrompit Ned-Bark. Je sais, moi, pour avoir exploré toute cette contrée que par les érosions de l'Océan, il y a dans le tuf même de ce roc des cavernes, je ne puis dire des souterrains, puisque quelques-uns de ces réduits sont suspendus à une centaine de pieds au-dessus du niveau de la mer, mais il y a des fissures, des voûtes, des grottes... pour cela j'en réponds!

— Alors, s'écria Alice, je puis parler... mais pardonnez-moi, Charles, ajouta-t-elle en se tournant vers Valville, au prix de ma vie, je n'aurais pas voulu vous donner de vaines espérances que l'avenir eût démenties...

— Achevez !

— Ce n'est pas moi qui parlerai.

Disant cela, Alice prit dans un portefeuille une lettre qu'elle tendit à Valville :

— Je suis venue, dit-elle, pour vous apporter cette lettre de votre sœur... lisez! mais je vous supplie, pesez soigneusement chaque mot et surtout... soyez calme...

Valville était pâle. Dans cette nature jeune et essentiellement sensible les émotions prenaient une acuité singulière... Oui, Alice le connaissait bien, quand elle n'avait pas voulu parler avant que tout au moins ce qu'il allait apprendre eût pris les caractères de la vraisemblance, de la possibilité.

De sa main tremblante, Charles avait pris la lettre, et pendant quelques instants il l'avait contemplée, comme s'il eût douté que son nom — là tracé — eût bien été écrit par la main de sa sœur bien-aimée.

Puis, sur un signe énergique de Ned-Bark, il se décida à briser le cachet. Ses yeux étaient troubles et il dut passer sa main sur son front avant de pouvoir déchiffrer les caractères, tracés cependant de cette grande écriture anglaise, si nette et si claire :

— Le mieux serait, dit Ned-Bark, de lire à haute voix... si toutefois mademoiselle le permet, interrompit-il en se tournant vers Alice.

— Vous avez raison, dit-elle. De cette façon, vous serez tous juges et déciderez avec plus de certitude des mesures qui devront être prises...

— Je vous obéis, fit Valville.

Et ayant fait sur lui-même un dernier effort pour que sa voix ne frémît pas, il commença sa lecture.

La lettre de Lucile était ainsi conçue :

« Cher frère, c'est un autre qui te portera ces nouvelles que j'aurais voulu être la première à t'apprendre. Mais ma blessure n'est pas encore cicatrisée, et en ce moment elle me fait trop souffrir pour que je puisse songer à aller te rejoindre. »

L'homme tomba la tête en avant.

— Oh! les misérables! murmura Freedy, les lèvres serrées.

Valville lui imposa silence d'un geste, puis continua, lisant :

— Mais je sais que celle que tu as choisie pour compagne est courageuse et t'aime du plus profond de son cœur. C'est donc à elle que je confie ces lignes, certaine que je suis que je ne saurais les mettre en meilleures mains.

« Je te dirai en détail tout ce qui s'est passé. Car avant de te lancer dans une expédition aventureuse, où ta vie et celle de nos amis serait en danger, il est nécessaire que tu puisses peser toi-même le pour et le contre. »

A ce mot « nos amis » Freedy avait souri malgré lui.

Certes c'était un flegmatique que le docteur Freedy. Mais il est une heure dans la vie, où, si impassible qu'on soit, qu'on croit l'être, on est soudain conquis — le mot est juste — par un sentiment qui s'empare de l'être tout entier.

Or Freedy le sceptique, Freedy l'insensible, Freedy aimait de toute la puissance de son âme! Il aimait cette jeune fille si chaste, si simple dans son héroïsme, qu'il avait vue chez son père et qu'il n'avait retrouvée qu'au moment où, ayant échappé par miracle à une mort horrible, elle s'oubliait pour ne songer qu'à ceux qu'elle aimait.

« Voici ce qui s'est passé, reprit Charles continuant à lire la lettre de sa sœur. Chaque jour nous attendions de vous quelque lettre ou quelque dépêche nous annonçant que vous étiez enfin sur la trace des misérables que vous poursuivez, et que surtout — oh! surtout! — vous aviez l'espoir de retrouver ma bien-aimée Jeanne. Alors que l'heure du courrier était déjà passée depuis longtemps, cependant je ne pouvais me résoudre à désespérer, et j'attendais... Or hier, prise d'une fièvre qui venait plus encore de mon cerveau surexcité que de mon état de souffrance, je n'avais pu parvenir à m'endormir, et voulant rafraîchir mon front brûlant, j'avais ouvert ma fenêtre, qui a vue sur la cascade du fond du parc...

« La lune était brillante et je pouvais distinguer, à travers les cactus et les magnolias, les moindres sinuosités des allées, tandis que parvenait à mon oreille le bruit monotone de l'eau qui tombait sur les roches.

« Tout à coup je tressaillis. Il me semblait avoir entendu craquer le sable, sous un pas humain. Certes je ne suis pas peureuse, cependant depuis les terribles événements qui ont amené la mort de notre père vénéré et la disparition de Jeanne, je tremble sans pouvoir dominer mon émotion. La voix s'était arrêtée dans ma gorge. Je regardais, penchée en avant... Soudain je vis — d'abord je crus que c'était une illusion — une forme noire qui se détachait de l'un des massifs. J'étais clouée à ma place, immobile, incapable de faire un mouvement ou même de prononcer une seule parole... L'ombre approchait, rampant, se traînant... elle se dirigeait vers le pavillon !... A ce moment, d'une voix presque inarticulée, je criai : Qui va là !... L'ombre s'arrêta brusquement, et à ma grande surprise, je vis qu'elle s'agenouillait, tendant les mains dans la direction d'où la voix était venue... Il n'y avait pas à s'y méprendre, cet inconnu prenait l'attitude d'un suppliant, et de plus... c'était à n'y pas croire, et cependant j'étais sûre de ne pas me tromper, cet homme chancelait comme s'il eût été prêt à mourir...

« Je ne songeai pas un seul instant que je pouvais tomber dans un piège. Je ne sais quel instinct me disait que je devais aller droit à cet inconnu, que c'était pour moi, pour me parler en secret qu'il était venu, et promptement, me glissant hors de ma chambre, je descendis l'escalier et parvins dans le parc. L'homme avait fait encore quelques pas en avant. En entendant le bruit de mes pas, il leva la tête, et je le vis éclairé en plein par la lueur de la lune.

« J'eus peine à réprimer un cri, de surprise et aussi de terreur. Car je venais de reconnaître un nègre, affranchi par mon père, nommé Biji, et qui avait disparu avec les assassins de Battle-Field.

« Il me reconnut, lui aussi, car portant sa main à son front en signe de respect :

« — Maîtresse, me dit-il, approchez, je vous en supplie. Je vais mourir, mais auparavant il faut que je vous parle...

« — Que voulez-vous de moi, lui demandai-je brusquement, et comment osez-vous reparaître ici, vous, un des complices des meurtriers de mon père !

« — Oui, je suis un misérable ! dit-il. Et vous ne pouvez me pardonner... pourtant, je vous dis que je vais mourir... ayez pitié de moi, et je vous le répète, écoutez ce que je suis venu vous dire... je viens vous faire connaître où est Mlle Jeanne...

« Oh ! à ce nom, toutes mes terreurs, toutes mes hésitations disparurent...

« — Jeanne ! m'écriai-je. Oh ! parlez !... et si vous ne me trompez pas, espérez en ma pitié !

« — Oh ! c'est bien la vérité que vous allez savoir.

« Il s'était affaissé sur le sol et je vis qu'il s'efforçait de se redresser pour s'appuyer à un tronc d'arbre.

« Je l'aidai, et il me remercia.

« — Vous êtes bonne ! fit il. J'ai bien fait de venir.

« Vous dites que vous allez mourir... que vous est-il arrivé !

« Regardez ! fit le nègre en portant les mains à son crâne et en écartant les touffes épaisses de sa chevelure crêpue...

« Je me penchai et je tressaillis. Une blessure béante, d'un rouge sombre, couvrait la tête du malheureux...

« — Mais qui vous a fait cette horrible blessure !

« — Qui ! c'est lui, le misérable, le bandit, le lâche, Ralph le Rouge !

« Et sur la figure du nègre, passa un rire convulsif, fait de fureur et de vengeance.

« — Parlez donc ! m'écriai-je.

« — Voici, maîtresse. Oui, c'est vrai, que cet homme était venu à la plantation ; il nous promettait si nous consentions à l'aider, de l'argent... assez pour vivre sans travailler... notre rêve, à nous, pauvres nègres ! l'aider... à quoi ? à enlever Mlle Jeanne... Il ne me parlait pas de meurtre, il jurait qu'il n'y aurait pas de sang versé !... moi et plusieurs de mes compagnons nous consentîmes à l'écouter... Vous savez le reste... mais je vous jure que moi... je vous le jure sur ma vie... je n'ai pas touché à la tête de votre père.

« — Continuez, lui dis-je, je vous crois.

« — Donc la jeune fille fut enlevée, et pendant toute la nuit nous voyageâmes au galop de nos chevaux... Nous étions guidés par des Indiens, des Séminoles à la tête desquels était le Pied-Sanglant... Il y avait là Sam

Dorry, le voleur de la Nouvelle-Orléans, Phil Stamster, l'incendiaire des Docks... Longtemps, bien longtemps, nous nous tînmes à grande distance des habitations... enfin peu vous importe comment nous atteignîmes la frontière de la Floride....

« Mais Jeanne! ma sœur! m'écriai-je, n'a-t-elle pas succombé à ces épouvantables fatigues?...

« Non! non! rassurez-vous... Ah! c'est une courageuse jeune fille! et vraiment, il semblait que ce fût Red Ralph qui était en son pouvoir... Il tremblait devant elle... elle lui parlait haut, elle l'insultait... lui, courbait la tête et ne répondait pas... pourtant nous exercions sur elle une surveillance de tous les instants pour qu'elle ne pût s'échapper... la nuit, nous lui bâtissions une hutte, où jamais Ralph n'a osé pénétrer, mais autour de laquelle nous faisions bonne garde... Enfin nous arrivâmes à la rivière Saint-Jean dont nous suivîmes le cours sur la rive ouest, jusqu'à Pilatka que nous tournâmes... Et là nous nous engageâmes dans des défilés connus des Indiens seuls et où il semblait que jamais un être humain n'eût passé avant nous... Nous arrivâmes ainsi au pied d'un roc qui se dressait au bord de la mer. Etonnés, nous ne comprenions pas quel était le but de ce voyage, quand nos guides commencèrent à gravir le roc par un sentier presque à pic. Entre les fissures de la pierre, des troncs d'arbres jetés formaient des ponts sur lesquels on avait peine à se tenir debout... et enfin à plus de cent pieds au-dessus de la mer nous pénétrâmes dans une suite de cavernes naturelles qui, de longue date, devaient avoir servi de cachette à des bandits. C'est là que votre sœur fut détenue. Nous nous relayions chaque jour pour la garder. En vain Red Ralph — nous l'entendions bien — la suppliait de l'entendre, de se soumettre... toujours dédaigneuse, toujours maîtresse d'elle-même, elle le repoussait avec des paroles de mépris... oui, maîtresse; j'étais bien coupable! et pourtant peu à peu je me sentais gagner par le repentir... j'admirais, je plaignais cette jeune fille qui ne m'avait jamais fait de mal et pour qui le danger devenait chaque jour plus grand.

« Il s'interrompit et eut alors une sorte de défaillance. Je courus à la cascade, pris de l'eau dans le creux de ma main et lui en frottai les tempes. Il se ranima et me remerciant d'un sourire qui crispait ses lèvres pâles de moribond :

« — Une nuit, reprit-il, je le vis qui se glissait vers la partie de la grotte où votre sœur était endormie... c'était moi qui veillais, ce jour-là, la carabine au poing, ayant reçu l'ordre de la tuer si elle tentait de s'évader... que se passa-t-il? Je n'en sais rien, mais tout à coup j'entendis des cris! c'était elle qui se débattait, qui appelait à l'aide... Obéissant à un instinct, je m'élançai... et je saisis à la gorge Red Ralph, je le renversai sur le sol... Comment je ne l'ai pas tué... je ne sais pas!... mais quelques minutes après, j'étais entraîné... par les autres, par ceux-là mêmes qui avaient été mes complices... On me poussa sur la crête du roc qui surplombait au-dessus de l'abîme et là, on me précipita... chute effroyable!... je sentis les angles de la pierre pénétrer dans ma chair, puis un choc suprême... et plus rien!... Combien d'heures se passèrent dans cet évanouissement, je n'en sais rien. Mais quand je revins à moi, je jurai de réparer le mal que j'avais fait... je jurai de me venger de Red-Ralph, et je me mis en route, ayant le vertige, chancelant comme un homme ivre... c'est un miracle que je sois arrivé jusqu'ici... mais me voilà! et je vous dis, mademoiselle Lucile, il faut aller au secours de votre sœur, il faut la sauver!

« — Mais ce rocher dont vous parlez, où se trouve-t-il? Quel est son nom?

« — Il se nomme Devil's-Rock, dit-il.

« Une heure après Biji était mort. Je dis tout à M. Woodman, à notre chère Alice, et comme M. Woodman ne pouvait en ce moment quitter la plantation, comme moi-même je me sentais trop faible pour affronter ces fatigues — craignant d'être une gêne pour vous et non un auxiliaire — je me désespérais, quand votre fiancée, Charles, a accepté, que dis-je? a réclamé cette mission...

« Que vous dirais-je de plus, frère? Du fond de l'âme, je prie pour vous et pour Jeanne... Ayez confiance et courage... et, au milieu des périls, que ni vous ni les vôtres n'oublient la pauvre Lucile qui souffre tant de n'être point auprès de vous... »

La lecture de cette lettre fut suivie d'un long silence. Tous les yeux étaient humides, toutes les poitrines oppressées...

Eusèbe le premier retrouva la parole :

— Eh bien ! enlevé, c'est pesé ! fit-il. Ne faisons ni une ni deux... au roc en question !... Ça sera drôle !... et on verra une rude danse !...

— Qu'en pensez-vous, Ned-Bark ? demanda Freedy au détective.

— Ce que j'en pense, c'est que le petit (c'était Eusèbe qu'il désignait ainsi), le petit a raison... et il faut qu'avant quarante-huit heures nous donnions l'assaut au Roc-Diable !...

— Vous avez le moyen d'y parvenir rapidement...

— Je réponds de tout...

— Donc en route ! dit Charles. Et je jure ici de sauver ma sœur ou de mourir pour elle...

XVIII

L'HOMME AUX CRABES

Ce ne fut pas chose facile que de trouver à Saint-Augustin un navire prêt à prendre la mer vers les côtes méridionales de la Floride. Tous ceux qui se livrent à la pêche étaient déjà partis et peut-être une semaine devait s'écouler avant leur retour.

Freedy et Valville se désespéraient, comprenant que chaque heure aggravait le danger. Déjà la moitié du jour s'était écoulée, lorsque Ned-Bark entra vivement à l'hôtel Saint-Louis.

— Alerte ! cria-t-il, j'ai votre affaire...

— Enfin !... fit Charles avec un cri de joie en serrant les mains du détective.

— Une observation cependant, reprit Ned. J'ai dû user de ruse, et il faut que vous ne me démentiez pas...

— Que voulez-vous dire ? demanda Freedy. Il est bien entendu que nous n'avons jamais voulu mettre des inconnus dans notre secret...

— Oh ! si ce n'était que cela ! repartit Ned. Mais le schooner que j'ai découvert n'est pas un navire ordinaire.. et surtout en ce qui regarde le capitaine...

— Expliquez-vous !...

— Voici le fait... En parcourant le port, en interrogeant les matelots les uns après les autres, j'avais enfin découvert un schooner, un peu lourd de construction, mais solide et en somme assez bon pour la course... Deux ou trois personnages groupés sur le pont semblaient prendre les dernières dispositions pour appareiller. Je demandai aussitôt quelle était la destination de ce petit navire. Je remarquai alors qu'on riait de ma question, et comme j'insistais : — « Où il va ? répliqua un matelot, pour le savoir il faudrait le demander au patron. — « Quel est-il ? — « Un fou ! » Vous devinez bien que je ne me contentai pas de cette réponse et bientôt voici les explications que je recueillis. Le schooner — *Tortoise*, la Tortue — appartient à un Anglais, une sorte d'excentrique, naturaliste, chimiste, physiologiste, qui depuis six mois, seul avec trois de ses élèves, aussi peu marins que lui, explore les côtes de la Floride pour y découvrir je ne sais quel animal qui manque à sa collection. Il a déjà dépensé des milliers de dollars, et il est prêt à en dépenser encore plus, car il est, paraît-il, immensément riche, et pour la dix-huitième fois depuis un an, il se prépare à suivre les côtes, jusqu'au golfe du Mexique. Après quoi s'il n'a pas réussi, s'il n'a pas trouvé sa bête — une espèce de crabe — je crois, il reviendra, quitte à repartir quinze jours après...

— Eh mais ! fit Charles, je ne sais si c'est un fou, en tout cas c'est un zélé serviteur de la science... Mais consentira-t-il à nous prendre à son bord...

— Voilà qui est douteux. Pourtant il y a un moyen...

— Lequel ?

— Il faut avoir l'air de partager la manie du bonhomme... Vous êtes tous deux assez instruits, je suppose, pour jouer convenablement votre rôle de savants, il faut aller voir cet original et le persuader que vous pouvez l'aider dans ses travaux... Une fois en mer, on trouvera bien le moyen de se faire débarquer à Roc-Diable...

— Mais s'il s'y refuse !

— Il faut toujours compter avec le hasard.

— Croyez-vous qu'il y ait quelque espérance de le décider à nous prendre à son bord ?...

— Oui, car j'ai déjà débité la petite fable que je viens

geurs à se munir d'une forte et longue corde qu'il portait enroulée autour de ses reins.

— Voici ce que nous allons faire, dit le détective. Nous allons lancer à nos amis nos cordes, de façon à ce qu'ils s'attachent solidement. Et pendant que nous les soutiendrons, ils s'efforceront de rejeter les troncs d'arbres dans le torrent et de nous ouvrir ainsi une issue...

Mais déjà Cartwright, accoutumé aux excursions périlleuses, avait eu la même pensée. Remontant au sommet du roc dont ils étaient descendus en se laissant glisser sur la crête, il avait attaché solidement deux cordes à des troncs d'arbres. Puis Freedy et lui s'étaient liés solidement par la ceinture.

Quand Ned et Valville lancèrent à leur tour les cordes dont il étaient munis, il arriva que Freedy et Cartwright étaient attachés et soutenus de telle sorte que toute chute était devenue improbable.

— A l'œuvre maintenant! dit Freedy.

Il s'était dépouillé de son paletot, son corps souple et nerveux se découpait sous la chemise fine.

— Vous, dit-il à Cartwright, contentez-vous de diriger les morceaux de bois à mesure que je les vais soulever...

Alors, saisissant une énorme branche, il l'introduisit sous les madriers, et, s'arc-boutant sur ses jambes, il donna une première secousse. Le fardeau à soulever était d'un poids énorme. Mais Freedy était doué, sous une apparence élégante, d'une vigueur herculéenne.

Bientôt, sous des pesées répétées, la masse s'ébranla :

— Attention! Cartwright! cria-t-il.

Et voici que, tournant et glissant sur eux-mêmes les troncs d'arbres, perdant l'équilibre, se précipitèrent dans le torrent. Ce fut une effrayante débâcle, un éboulement gigantesque. Les pièces de bois se heurtant aux roches, rebondissaient avec des échos de tonnerre qui ébranlaient le môle énorme jusque dans ses profondeurs les plus cachées.

Dix fois Freedy se raidit sur ses jarrets. Dix fois Cartwright, au risque de sa vie, repoussa les madriers qui auraient pu l'écraser; mais en une demi-heure, la crête était libre... et devant elle s'ouvrait la fissure du roc.

— Victoire! cria Freedy. Maintenant, à nous, Ned et

de vous exposer et il m'a répondu que si nous étions dans la même partie que lui, il ne ferait aucune résistance...

— Allons le trouver, dit résolument Charles. Freedy, c'est vous qui porterez la parole... la nature n'a pas de secrets pour vous...

— Et moi, fit Eusèbe, est-ce que j'en serai?...

— Venez avec nous, lui répondit Valville.

— Je poserai pour l'élève... le préparateur... le potard...

Tout ceci convenu, les trois hommes, d'après les indications de Ned-Bark, se rendirent dans la rue qu'habitait le savant.

Certes, de nos voyageurs deux tout au moins, Charles et Freedy, étaient cuirassés contre toutes les surprises. Mais en vérité, ils ne s'attendaient guère au spectacle qui les attendait, au moment où ils furent introduits dans le cabinet de travail — l'expression va vous paraître singulière — où le savant — doué du nom euphonique de Cartwright — les reçut, fort poliment d'ailleurs...

Figurez-vous une large pièce dallée et sablée, disparaissant sous des centaines d'animaux aux formes les plus fantastiques, se traînant de face, de côté, en arrière, se grimpant les uns sur les autres, allongeant leurs pattes, les enlaçant, se livrant à des pugilats homériques, s'étreignant dans une épouvantable mêlée iliadesque, avec un bruit de froissement, de glissement de coquilles et de carapaces... Autour de la pièce, un vivier peu profond dans lequel d'autres hôtes mangeaient, ou digéraient, ou se battaient...

Au milieu de cet enfer des crabes — que Dante n'a pas inventé — un homme debout, bossu, tortu, à peau parcheminée et pareille elle-même à une carapace, aux bras ressemblant à des antennes — un crabe humain avec de gros yeux saillants hors de la tête...

Eusèbe était verdâtre. Cette armée de crustacés lui semblait un cauchemar...

Cartwright avait un crabe à la main, un crabe à la jambe droite, un troisième sur l'épaule... de la main droite il tenait une loupe et examinait l'animal qu'il tenait, renversé sur le dos et les pattes en l'air en signe de protestation...

— Que désirez-vous ? demanda Cartwright à Freedy.

Déjà le docteur avait recouvré son sang-froid. Et alors,

à la surprise croissante d'Eusèbe, voici qu'avec un courage vraiment héroïque, il se mit à plonger ses mains dans ce capharnaüm de crustacés, prenant le ton d'un professeur et adressant à l'original un véritable *speech* d'Académie scientifique.

— Ah ! monsieur, lui disait-il, voici donc enfin un homme qui comprend tout ce qu'il y a de véritablement beau, de grandiose, dans l'étude de ces décapodes brachyures... Je vous rends hommage !... oui, monsieur, car là est l'avenir de la science... là est le secret de la nature !... Oui, ajoutait-il en soulevant un des monstrueux animaux qui battait l'air de ses pattes, voici bien le crabe lobé des Antilles, plus loin le crabe rosé de la mer Rouge !... Et celui-ci, quel chef-d'œuvre !... n'est-ce pas le mamelonné australien !... Eh mais ! je ne me trompe pas ! Quoi ! monsieur ! vous possédez l'ocypode, le gégarcin, le calappe, la limule ! Ah ! que ne puis-je couvrir d'or cette précieuse collection !

L'honorable Cartwright était aux anges ! il couvrait d'un regard attendri le pandémonium de ses décapodes !... Il souriait au gélasme et faisait les doux yeux au potamophile !...

Freedy était sublime. Doctoralement il déduisait les raisons de son enthousiasme. Oui, le crabe renfermait — mieux que les cornues des chimistes — le vrai secret de la création ! Ne peut-on pas lui arracher les membres, et les parties enlevées ne se reconstituent-elles pas ! Le crabe est roi, le crabe est Dieu !...

Tant et si bien que l'homme crabesque faillit saisir Freedy dans ses bras, j'allais dire ses pinces, pour l'embrasser... Quoi ! Freedy était un confrère en passion crustacique !... Que désirait-il ? Voulait-il un échantillon d'espèces rares !...

— Non, je viens vous demander de nous permettre de partager vos travaux... d'être vos élèves...

— Quoi ! ces messieurs, fit Cartwright en désignant Valville et Freedy, ont pénétré les arcanes de ces admirables mystères ?...

Or en ce moment même Eusèbe sentait deux pattes pointues qui pénétraient dans son mollet. Il eut cependant la force de sourire — ô Spartiate ! — et de répondre :

— Moi ! j'ai toujours adoré le crabe !...

La résistance de Cartwright ne fut pas de longue durée, d'autant qu'un argument décisif de Freedy décida de la victoire.

— On m'a dit, murmura-t-il, que vous cherchiez une espèce peu répandue... pourrais-je savoir?...

Le savant eut un léger frisson et porta la main à ses yeux.

— Vous réveillez une de mes douleurs, murmura-t-il d'une voix dolente. Voici trois ans que je cherche le spinimane!...

— Le spinimane! s'écria Freedy, c'est-à-dire le crabe à pinces épineuses!... le congénère du graveleux et de l'acanthe!...

— Quoi! vous le connaissez!...

— Nous avons été à l'école ensemble! fit tout bas Eusèbe qui commençait à donner des coups de talon sur l'indiscret qui lui taquinait le mollet.

— Si je le connais! reprit Freedy. Ah! monsieur Cartwright! qui donc oserait nier la Providence!...

— Achevez, fit l'autre haletant.

— Monsieur, le spinimane se trouve à quelques lieues d'ici, sur les côtes, au pied d'un rocher connu sous le nom de Roc-Diable!...

— Grands Dieux!... Ah! partons! partons!...

La dernière position était enlevée.

Une heure après, on s'embarquait sur la *Tortoise*. Cartwright était si fort préoccupé qu'il ne songea pas à s'étonner, à l'arrivée des six amis (car Alice, Sambo et Ned-Bark avaient répondu à l'appel) qu'il existât tant de chercheurs de crabes!... Du reste Sambo et Ned-Bark s'étaient hâtés de s'aller blottir dans la cale étroite du schooner pour ne pas attirer l'attention. Alice, vêtue d'un costume sombre, s'était enveloppée d'un long manteau qui dissimulait assez bien son sexe.

Enfin le signal du départ fut donné. Le schooner n'était pas un marcheur de premier ordre, mais il tenait bien la mer. Freedy était devenu l'ami intime de Cartwright, qui ayant toute confiance en lui, et ne se targuant pas de connaissances maritimes, lui laissa le commandement du navire qui, habilement manœuvré, se mit à filer rapidement.

Nous ne nous arrêterons pas sur les incidents de la traversée. Nos amis étaient trop inquiets et avaient trop de hâte de parvenir à leur but pour prêter attention au grandiose paysage des côtes de Floride. Seulement Eusèbe éprouvait de véritables convulsions stomacales quand, au repas, Cartwright étendait paisiblement sur son assiette un poulpe qu'il examinait à la loupe...

Vingt heures après leur départ, les voyageurs se trouvaient à la hauteur de Roc-Diable. La nuit était venue, et malgré l'impatience de tous, il fallut attendre pour débarquer que le jour se levât.

Et encore dût-on user de grandes précautions, car la mer était grosse, et il y avait danger de se briser sur les rocs énormes de la rive.

Enfin la petite troupe prit terre sur une étroite langue de terre, au-dessus de laquelle se dressait la masse gigantesque de Roc-Diable.

En vérité, à considérer cette muraille colossale, que coupait en deux une fissure dans laquelle s'engouffraient les vagues avec un bruit formidable, il semblait que ce fût folie que d'aller attaquer les bandits dans leur repaire.

Où les découvrir d'ailleurs?... Comment s'orienter?... l'escalade seule paraissait déjà impossible.

Mais ce qui fut pire que tout, ce fut le désespoir de Cartwright lorsque force fut bien de lui avouer que nos amis l'avaient joué et ne prétendaient point le moins du monde se livrer à la chasse aux spinimanes.

Par bonheur, le savant était doublé d'un brave homme et d'un bon cœur. Et quand il sut ce dont il s'agissait :

— *By god!* fit-il, vous vous êtes moqués de moi!... mais vous n'aurez point le dernier mot!...

— Que voulez-vous dire?

— Je veux dire... que je suis des vôtres! les crabes attendront... Je me mets moi et mes compagnons à votre disposition!... et s'il faut faire le coup de feu, eh bien!... je vous prouverai qu'on peut être un peu fou, mais n'avoir pas moins de courage et de dévouement pour cela!...

— Je vous trouverai le spinimane! s'écria Freedy dans un élan d'enthousiasme. Je m'y engage sur l'honneur...

— Trouvons d'abord la jeune prisonnière! soupira le savant qui, hélas! doutait maintenant de son confrère...

Cependant Valville et Ned-Bark s'étaient mis en quête... Afin d'attirer le moins possible l'attention de leurs ennemis, ils avaient contourné la base du Roc, s'accrochant aux troncs d'arbres, aux anfractuosités du granit...

Il était évident qu'il devait se trouver quelque part un sentier qui permettrait de gravir la montagne...

Les autres, cachés dans une sorte de grotte creusée par la mer, attendaient.

Nous l'avons dit, le jour se levait à peine. Tout semblait inhabité. Pas un bruit ne résonnait. Seules les vagues, roulant sur les roches, jetaient leurs clameurs sourdes, répercutées par les rocs.

Tout à coup, Ned-Bark s'arrêta et se pencha vers Valville.

— Là-haut! fit-il, regardez!...

En même temps, du bâton qui lui avait servi à se soutenir sur les pentes glissantes, il désignait au jeune homme une fissure du roc éclairée par les premiers rayons du jour.

— Ne voyez-vous pas, continua-t-il, des ombres qui semblent monter?

— En effet! et je remarque même qu'en ce moment elles semblent suspendues dans le vide, ce qui prouve qu'il y a là comme une échelle, une sorte d'escalier destiné à l'ascension...

Bientôt, ils ne doutèrent plus. Ils ne s'étaient pas trompés. C'étaient évidemment les bandits qui regagnaient leur repaire. Du moins on tenait la piste.

Les deux hommes retournèrent vivement auprès de leurs amis...

Mais, comme ils approchaient, ils entendirent un cri. C'était la voix d'Eusèbe.

— Ah! le pauvre garçon! s'écria Valville. Lui serait-il arrivé malheur!

En quelques secondes, ils eurent atteint la grotte...

Et ils virent Sambo qui se jetait à la mer... Eusèbe, toujours imprudent, s'était avancé sur l'extrême bord des pierres qui défendaient la grotte, et là, ayant glissé, il avait failli disparaître dans une sorte de trou...

Mais déjà Sambo s'était lancé après lui et ramenait le jeune homme à la surface.

— Sapristi! fit Eusèbe en se hissant sur la rive, pas de veine! Aïe! qu'est-ce que c'est que ça?...

Ça, c'était quelque chose qui s'était attaché — faut-il

tout avouer? — au fond de la culotte reconquise sur le capitaine Queue-de-Rat, et qui tenaillait, à pinces que veux-tu, certaine partie grassouillette et sensible !

Mais un second cri répondit au sien...

— Lui ! lui ! ô bonheur !...

Et une main vigoureuse avait arraché dudit fond — avec un morceau d'étoffe — un crabe énorme...

Puis extatique, enthousiaste, Carthwright continuait :

— Oui ! le spinimane ! oh ! éternelle bonté de la Providence ?...

Freedy ne l'avait donc pas trompé ! et c'est alors que le brave savant, brandissant sa carabine avec énergie, était prêt à se faire tuer ! il avait le spinimane. En deux minutes, la bête, fort laide d'ailleurs, fut enfermée dans sa prison d'étain et confiée à un des élèves de Cartwright, qui la reçut avec le respect qu'un néophyte accorderait à une relique.

Ned-Bark et Valville rendirent compte de ce qu'ils avaient vu... Le plan de conduite fut bientôt réglé. La petite troupe se diviserait en deux. Ned-Bark, Freedy, Valville et Cartwright graviraient les échelles, tandis qu'Eusèbe, Sambo, Alice et les élèves du savant veilleraient à ce que les bandits ne pussent s'échapper.

— Alice, dit Valville en tendant la main à la jeune fille, nous touchons à l'heure décisive. Si je meurs, c'est à vous que je confie ceux que j'aime...

— Vous vivrez, Charles, je le sais, je le sens... Notre cause est juste et votre sœur nous sera rendue...

— En route ! dit Freedy.

D'abord les deux groupes marchèrent côte à côte, cherchant à poster la réserve dans les meilleures conditions possibles...

— Voyez, dit tout à coup Alice, n'est-ce pas là un sentier ?...

En effet, sur la déclivité du roc, on distinguait une ligne tournante.

— Eh bien ! c'est là qu'il faut attendre, dit Ned-Bark. Bien que ce tracé semble impraticable, peut-être est-ce par là que les misérables tenteraient de nous échapper... Abritez-vous derrière ce quartier de rocher, et là, la carabine au poing, attendez !... Et maintenant, à la grâce de Dieu !

Et étant revenus au point qu'ils avaient exploré tout à l'heure, les quatre amis commencèrent à gravir le roc, se dirigeant vers les échelles qu'ils distinguaient mieux maintenant.

XIX

LES MYSTÈRES DE ROC-DIABLE

Nous avons dit que les quatre personnages qui allaient s'engager dans cette voie périlleuse étaient Ned-Bark, Freedy, Valville et l'homme aux crabes, Cartwright.

Les deux premiers marchaient en avant :

— Ned, dit Freedy, voici sans doute l'instant décisif. Augurez-vous bien de notre entreprise ?

Le détective secoua la tête :

— A vrai dire, fit-il, je suis un peu désorienté. Et mon habileté si vantée se trouve en défaut. Nous avons affaire à un singulier criminel...

— Que voulez-vous dire ?

— N'avez-vous pas entendu comme moi le récit de miss Lucile ?...

— Eh bien?

— Eh bien ! n'avez-vous pas remarqué que là où nous croyions seulement nous trouver en face d'ennemis politiques, vengeant sur M. Valville des griefs imaginaires, nous rencontrons une passion étrange, sauvage, compliquée de je ne sais quelle incroyable faiblesse d'un homme qui n'a cependant jusqu'ici reculé devant aucune violence...

— C'est de Ralph le Rouge que vous voulez parler?...

— Justement. Cet homme, vous le savez, appartient à une excellente famille, et quoique son insatiable ambition l'ait entraîné sur la route du crime, il y a encore en lui un reste de générosité...

— Mais où voulez-vous en venir ?

— A ceci... que nous n'avons pas affaire ici à un adversaire ordinaire... et que je doute fort que nous réussissions aussi vite que nous l'espérons...

A ce moment, le groupe s'était arrêté au pied du roc et chacun examinait attentivement les échelles dont nous avons parlé.

Perdues dans le vide, à une hauteur vertigineuse, il semblait impossible de les atteindre.

Par quelle voie d'ailleurs pouvait-on s'élever jusque-là ?

Un temps assez long s'écoula en recherches infructueuses, lorsqu'enfin Cartwright, qui, le marteau de géologue à la main, faisait sonner le roc sous des chocs secs et répétés, s'écria tout à coup :

— La roche sonne creux. Il y a là une caverne...

— Soit ! dis Ned. Mais où en est l'issue?

— Cherchons.

Cartwright avec son flair de savant affirma que l'ouverture d'une sorte de tunnel naturel dont il affirmait l'existence devait se trouver au sommet de la première assise de rochers. Et il appuyait ses dires sur ce fait qu'un torrent semblait sortir à cette hauteur des entrailles mêmes de la pierre.

— Comprenez-moi, dit-il. Je suis persuadé qu'il existe là-haut une fissure et que c'est par là que nos adversaires parviennent aux échelles que nous apercevons.

— Donc, à votre avis que faut-il faire?...

— Nous hisser à la force des poignets jusqu'au point d'où s'échappe ce torrent... une fois là nous aviserons...

— Allons!

Certes le moyen proposé par l'homme aux crabes n'était pas d'une pratique facile. A défaut de tout sentier frayé, il fallait, pour gravir les anfractuosités de la roche, s'accrocher aux aspérités, aux troncs d'arbres, à tout instant se tenir suspendu au-dessus de l'abîme, dans lequel on pouvait être précipité par le moindre faux mouvement.

Mais ces hommes étaient agiles. Et en vérité le naturaliste n'était pas le moins vigoureux des quatre. La force de ses bras était prodigieuse. Et il grimpait sur les pierres lisses, à la façon des décapodes dont il faisait une étude permanente, tant il est vrai que l'homme s'identifie aux êtres dont il s'occupe continuellement.

Cependant, obligés de choisir pour leur dangereuse ascension les points où il était possible de trouver un point d'appui, les intrépides déviaient peu à peu de la direction qu'ils s'étaient d'abord assignée.

Ils avaient perdu de vue l'issue probable du chenal d'où ils avaient supposé que s'élançait le torrent. Mais sans se décourager, ils montaient, ils montaient toujours.

Tout à coup ils se trouvèrent sur une sorte de plate-forme.

Valville, dans son impatience avait escaladé un pan de rocher qui semblait inaccessible. Ned-Bark se trouvait au-dessous de lui.

Charles s'avancant jusqu'au rebord qui surplombait cria :

— Ned ! que les autres ne montent pas jusqu'ici !...

— Que voyez-vous? demanda le détective !

— Je vois d'ici l'issue du torrent que nous avions signalé... elle est obstruée par un monceau de troncs d'arbres...

— Voyons cela ! fit Ned-Bark.

Et avec une hardiesse incroyable, le détective — qui dans le prix convenu là-bas à la plantation avait fait entrer le risque de mort en ligne de compte — se baissa et s'aidant d'un pin dénudé qui, couché sur la roche, s'appuyait sur une sorte d'aiguille suspendue dans le vide, s'étendit, se penchant. Puis se relevant :

— Vous avez raison, cria-t-il à Charles.

Puis mettant ses deux mains devant sa bouche :

— Freedy ! Cartwright! appela-t-il.

Les voix des deux hommes l'avertirent qu'il était écouté :

— N'allez pas plus loin, dit-il. Tournez sur votre droite, vous trouverez sur le roc une sorte d'escalier naturel... là, vous y êtes... gravissez maintenant... Les deux hommes lui obéissaient docilement. Ils parvinrent ainsi à une crête qui faisait face à une large fissure noirâtre, ouverte en plein roc. Mais, ainsi que l'avait dit Valville, des troncs d'arbres amoncelés en défendaient l'entrée.

La crête était si étroite et en même temps si glissante, qu'il semblait impossible de s'y maintenir.

— Attendez ! cria encore Ned.

Puis il héla Valville qui se hâta de venir le rejoindre.

Ned, toujours prudent, avait obligé chacun des voyageurs à se munir d'une forte et longue corde qu'il portait enroulée autour de ses reins.

— Voici ce que nous allons faire, dit le détective. Nous allons lancer à nos amis nos cordes, de façon à ce qu'ils s'attachent solidement. Et pendant que nous les soutiendrons, ils s'efforceront de rejeter les troncs d'arbres dans le torrent et de nous ouvrir ainsi une issue...

Mais déjà Cartwright, accoutumé aux excursions périlleuses, avait eu la même pensée. Remontant au sommet du roc dont ils étaient descendus en se laissant glisser sur la crête, il avait attaché solidement deux cordes à des troncs d'arbres. Puis Freedy et lui s'étaient liés solidement par la ceinture.

Quand Ned et Valville lancèrent à leur tour les cordes dont ils étaient munis, il arriva que Freedy et Cartwright étaient attachés et soutenus de telle sorte que toute chute était devenue improbable.

— A l'œuvre maintenant! dit Freedy.

Il s'était dépouillé de son paletot, son corps souple et nerveux se découpait sous la chemise fine.

— Vous, dit-il à Cartwright, contentez-vous de diriger les morceaux de bois à mesure que je les vais soulever...

Alors, saisissant une énorme branche, il l'introduisit sous les madriers, et, s'arc-boutant sur ses jambes, il donna une première secousse. Le fardeau à soulever était d'un poids énorme. Mais Freedy était doué, sous une apparence élégante, d'une vigueur herculéenne.

Bientôt, sous des pesées répétées, la masse s'ébranla :

— Attention! Cartwright! cria-t-il.

Et voici que, tournant et glissant sur eux-mêmes les troncs d'arbres, perdant l'équilibre, se précipitèrent dans le torrent. Ce fut une effrayante débâcle, un éboulement gigantesque. Les pièces de bois se heurtant aux roches, rebondissaient avec des échos de tonnerre qui ébranlaient le môle énorme jusque dans ses profondeurs les plus cachées.

Dix fois Freedy se raidit sur ses jarrets. Dix fois Cartwright, au risque de sa vie, repoussa les madriers qui auraient pu l'écraser; mais en une demi-heure, la crête était libre... et devant elle s'ouvrait la fissure du roc.

— Victoire! cria Freedy. Maintenant, à nous, Ned et

Valville, et pénétrons hardiment dans les entrailles de cet enfer...

En un instant, Ned et Charles étaient arrivés auprès d'eux.

Au moment de s'engager dans la caverne Freedy dit bas au détective :

— Nous allons à l'inconnu... car selon toute apparence, ce n'est point là le chemin ordinaire suivi par les bandits...

— Tant mieux... nous les surprendrons d'autant plus facilement...

— Dieu le veuille ! fit Freedy en secouant la tête.

Ayant replacé les cordes autour de leur ceinture, les quatre hommes avaient repris leurs carabines, ainsi que les torches dont Ned s'était muni.

— En avant ! dit Valville.

Les torches furent allumées et les quatre amis s'engagèrent dans l'ouverture.

Cartwright avait raisonné justement. C'était bien une véritable caverne. Le torrent se détournait brusquement et laissait la voie libre. Mais cette ouverture avait-elle une issue?

Le sol lisse s'élevait par une pente douce. A la lueur fumeuse des torches, on apercevait le haut de la voûte à une hauteur de plusieurs mètres. On pouvait donc se tenir debout. Mais à mesure que l'on avançait, comme la pente montait toujours, force leur fut de se courber et un moment arriva où ils furent presque contraints de ramper. Ned allait en avant, à reculons, appuyant sa torche sur le sol pour éclairer ses compagnons. Une fumée âcre et épaisse les prenait à la gorge, mais aucun d'eux ne songeait à reculer.

Cependant, Ned se sentit soudain arrêté. La caverne semblait fermée tout à coup par une muraille. Au prix de tant d'efforts, s'étaient-ils donc engagés dans une impasse... A ce moment, le plafond s'était élevé et, de nouveau, ils retrouvaient la liberté de leurs mouvements.

Mais en vain, ayant rallumé toutes les torches, ils regardaient autour d'eux, la muraille de granit ne présentait pas une seule issue.

— Nous sommes allés trop loin, fit Ned. Evidemment quelque couloir transversal nous aura échappé...

Vous êtes de bonne foi.

— Retournons en arrière, dit philosophiquement Freedy.

Après quelques minutes de consultation, les amis reconnurent que c'était là le seul moyen pratique. Ils ne se décourageaient pas, ayant fait d'avance le sacrifice de leur vie, pour percer les mystères de Roc-Diable...

Mais au moment où ils allaient se remettre en route, Ned s'écria tout à coup : — Silence !... Écoutez !...

En effet, il se passait un fait singulier.

On entendait à une distance qui semblait énorme, un bruit de voix... C'était comme si elles sortaient des entrailles de la terre... et, peu à peu, le bruit se faisait plus distinct...

Tous, le cou tendu, prêtaient une attention fiévreuse. D'où ce bruit pouvait-il venir ?...

Mais déjà Cartwright, qui ne perdait pas une seule occasion d'exercer son sens scientifique, donnait à voix basse l'explication de ce phénomène, fréquent dans le flanc des montagnes.

C'étaient les roches elles-mêmes qui transmettaient le son, parfois à une très grande distance. Donc ils écoutaient... et voici que soudain ils distinguèrent une voix de femme.

— Oh ! c'est la voix de Jeanne ! cria Valville en se ruant comme un fou contre la muraille.

La voix s'était élevée, vibrante. Bien qu'il fût impossible de distinguer les mots prononcés, il était évident que ce n'étaient pas des cris ou des paroles terrifiées. L'accent était impérieux, presque solennel... et alors une autre voix, — masculine, celle-là, — répondait haute et menaçante...

— C'est le danger suprême ! s'écria Charles. Ma vie pour parvenir jusqu'à ma sœur ! ne perdons pas une minute !...

Tous, saisis d'une même pensée, revenaient maintenant en arrière.

Quelques minutes s'étaient à peine écoulées que Ned cria :

— Voici l'issue !... allons !

En effet, sur leur gauche s'ouvrait une autre galerie, dont l'entrée était dissimulée par une anfractuosité rocheuse, ce qui expliquait comment ils avaient pu passer auprès d'elle sans l'apercevoir.

Elle était si étroite qu'un homme pouvait seul s'y engager.

Cette fois, Cartwright allait en avant. Ils marchaient à pas précipités, redoutant encore de se heurter à une muraille infranchissable...

La galerie semblait tourner sur elle-même... Oh ! que les minutes leur paraissaient longues ! ils n'entendaient plus rien maintenant ! et pourtant il n'y avait pas à douter, Jeanne était en danger... là, à quelques pas d'eux peut-être... et s'ils arrivaient trop tard !

A cette pensée, Valville sentait tout son sang refluer à son cœur...

Enfin Cartwright s'écria :

— Le jour ! voici le jour !...

En effet, à quelque distance, une bande lumineuse coupait les ténèbres de la roche. D'un bond, écartant le savant, Charles s'élança jusque-là... Ses amis le virent épauler rapidement sa carabine... et une détonation ébranla la caverne...

Ned l'avait rejoint...

— Qu'y a-t-il ? demanda-t-il.

— Voyez ! là aux échelles !...

Ils se trouvaient au-dessus de la fente énorme à travers laquelle passaient les singuliers escaliers volants qu'ils avaient remarqué le matin même, et à travers une sorte de brouillard, ils apercevaient des formes humaines qui semblaient fuir...

— Ne tirez pas ! cria Freedy. Oubliez-vous donc que votre balle pourrait frapper votre sœur.

Il n'avait pas réfléchi. Devinant la présence des bandits, il avait fait feu et il avait vu une masse noirâtre traverser l'espace et tomber dans l'abîme.

Le mot de Freedy lui donna une commotion terrible.

Mais sans plus réfléchir, les quatre amis se laissaient glisser sur la pente déclive du roc. Ils voulaient à tout prix atteindre les échelles... quoique déjà il semblât que tout fût retombé dans l'immobilité et le silence. Rapidement ils arrivèrent à une espèce de cirque creusé en pleine roche ; là s'ouvrait, énorme, majestueuse, soutenue par des piliers qui semblaient de bronze, une grotte pareille à l'entrée d'un palais fantastique...

Sans hésiter, les quatre hommes s'y précipitèrent...

D'abord un vestibule, d'une hauteur prodigieuse, au

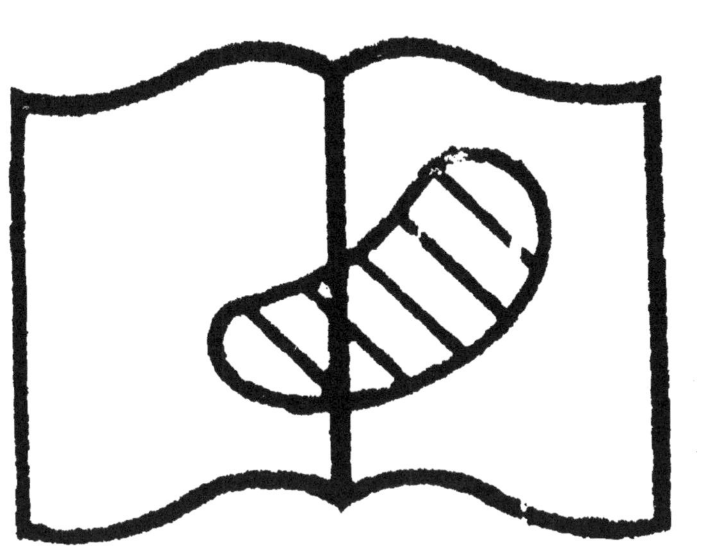

Illisibilité partielle

milieu duquel un foyer encore brûlant attestait la présence récente des bandits.

Puis la grotte se divisait en un certain nombre de pièces, séparées les unes des autres par des portes garnies de nattes. En vérité, en toute autre circonstance, ce repaire eût excité l'admiration.

Valville, furieux, désespéré, les parcourait en appelant sa sœur à grands cris.

Mais nulle voix ne répondait à la sienne...

Il était parvenu ainsi, suivi de Ned, jusqu'à une chambre meublée avec un certain luxe. Des tentures de soie cachaient les murailles frustes. Des nattes, disposées avec élégance formaient un lit et des sièges. Enfin, au milieu, une table de bambou supportait une lampe encore allumée.

— Voyez ! s'écria Charles avec douleur.

Sur cette table, dans une corbeille, il y avait un ouvrage de femme inachevé. Toute hésitation était impossible. C'était bien là que Jeanne — que sa sœur bien-aimée — était retenue prisonnière. C'était bien là que son misérable ravisseur la torturait. C'était de là, enfin, qu'il venait de l'entraîner...

Et elle lui échappait !...

— Ah ! je les poursuivrai ! s'écria Charles, fou de douleur.

— Attendez ! fit Ned-Bark.

Le détective, guidé par son instinct, avait aussitôt inspecté soigneusement tous les coins de la pièce et il venait de découvrir à terre un papier froissé, comme si, subitement surprise, la jeune fille l'avait jeté loin d'elle, au hasard. Il le déplia rapidement. Il avait été déchiré par la moitié et voici les lignes qui restaient visibles :

je t'at
jusqu'ici j'ai pu
me tient en son pouvoir
es à ma recherche : il sait
racher sa proie. Il va m'entraî
ai surpris quelques mots échan
Il a parlé d'une
ouisiane
comprendre
à Wood-
aide !

C'était tout!

Un instant après les quatre amis s'élançaient hors de la caverne où toutes recherches étaient désormais inutiles...

Un sentier facile conduisait jusqu'aux échelles.

Mais là, une nouvelle désillusion les attendait. A coups de hache, les fugitifs avaient coupé les poutrelles qui les soutenaient!... Un dernier espoir leur échappait. Encore une fois, Jeanne restait au pouvoir de son ravisseur!

Ce ne fut qu'au prix des plus grandes peines que Valville et ses compagnons rejoignirent ceux qui les attendaient...

Là encore, ils ne trouvèrent qu'une nouvelle cause de désespoir.

Nul n'avait été vu, pas un des bandits n'avait été aperçu...

Mais, ce n'était pas tout..., toujours imprudent, Eusèbe s'était éloigné de la petite troupe... et, depuis plus d'une heure, il n'était pas revenu.

En vain on battit la montagne, en vain on l'appela...

Vains efforts! Eusèbe avait disparu!...

XX

LA NOUVELLE-ORLÉANS

Les événements que nous avons à raconter nous ramenant maintenant à la Nouvelle-Orléans, le lecteur nous permettra d'interrompre un instant notre récit pour reprendre la plume du voyageur et l'initier à la connaissance de cette belle et grande cité, aujourd'hui encore si digne de son antique métropole, la France.

La cité du Croissant, — *Crescent city*, comme on la nomme, — a pris de tels accroissements depuis Clarborne et Bienville, que ces héros du temps passé ne la pourraient plus reconnaître.

Là-où les Indiens campés sur les rives du Mississipi se croyaient à jamais les maîtres du pays, là où on ne rencontrait, il y a cent ans encore, que des fermes bâties de bois, des moulins aux murailles de planches, ce ne sont maintenant que splendides édifices. Et cependant, sur la rive droite du Mississipi, on montre encore, avec ce respect qui s'attache aux reliques du passé, la maison — plus ou moins authentique — qui servait à Bienville de demeure et de fort détaché. Et cette masure s'appelle aujourd'hui encore la citadelle de Bienville.

Cependant les progrès de la richesse et de la population louisianaises étaient bien plus considérables avant que les terribles commotions politiques et sociales — suites inévitables de la guerre — n'eussent pesé d'un poids écrasant sur cet admirable pays. Et c'est une tâche cruellement difficile que de rétablir le commerce et les affaires de l'Etat. Mais l'épreuve a, — reconnaissons-le — développé chez les habitants des facultés de persévérance et d'énergie dont, à vrai dire, on ne les croyait pas pourvus.

La Nouvelle-Orléans est divisée en deux parties distinctes par une longue avenue, qui porte le nom de Canal street, qui sépare exactement les quartiers français et américain.

Partons de Canal street pour notre excursion. Choisissons une belle matinée de février, et soudain vous allez vous croire transporté non point à dix-huit cents lieues de France, mais dans une des belles villes de la Touraine.

Rien de plus charmant qu'une promenade à travers le quartier français. Ici tous les caractères de l'américanisme ont disparu. Ce pourrait être Toulouse, Bordeaux ou Marseille.

Les maisons sont toutes de pierre ou de brique, peintes ou recouvertes de stuc. Les fenêtres de chaque étage descendent du plafond aux planchers, et ouvrent comme des portes sur de jolis balcons, aérés, protégés par des marquises de fer. Sur les grands toits, de larges lucarnes rondes semblent des yeux endormis.

Les portes extérieures sont massives, et assez larges pour livrer passage aux voitures qui pénètrent dans la cour pavée de dalles, sur laquelle règnent les vestibules communiquant aux escaliers des appartements supérieurs.

C'est tout à fait le style des anciens hôtels du faubourg

Saint-Germain. Même solennité, même majesté, mais rustique par l'élégance du XVIIIe siècle.

Parfois, lorsque la porte est ouverte par une jeune créole vêtue de noir, aux cheveux bruns, aux yeux brillants, vous glissez un regard jusqu'au jardin, charmant avec ses massifs, avec ses guirlandes de vigne dentelées de rouge et de blanc et semblant une guipure suspendue aux murailles : ici des buissons de roses, au milieu d'une couronne de gazon ; là des bosquets verts et symétriquement disposés ; ce ne sont que haies, que tonnelles, que kiosques, ornés par des mains habiles, entourés de bancs de verveine. Ce ne sont que groupes entrelacés de pêchers et de pommiers, bouquets de magnolias aux teintes sombres. Plus loin, dans un coin bien paisible, les orangers semblent blottis dans un nid, tandis que le palmier élégant, le catalpa verdoyant complètent cet ensemble d'un admirable effet. Hélas ! la porte se ferme tout à coup, et ce paradis est perdu, tandis que l'Eve brune y est entrée.

Mais voici la réalité auprès du rêve.

Des balcons pendent, secoués paresseusement par la brise, de petits écriteaux de tôle sur lesquels vous lisez :

— Appartements meublés à louer — *Furnished apartments to rent.*

C'est que dans un grand nombre de ces antiques maisons vous êtes reçu par une femme vêtue de grand deuil, entourée de petits enfants pendus à ses jupes. Et vous comprenez par ses manières et son langage qu'elle n'avait pas de *Furnished apartments* à mettre en location avant la guerre.

Vous avez pitié d'elle et vous songez à la multitude de ces femmes en deuil, de ces maisons silencieuses et presque désolées.

Parfois, un coup frappé à la loge du portier vous mettra en face d'une bruyante créole de cinquante ans, grasse à l'excès, sentant l'ail et le vin nouveau, et d'une voix aussi robuste que le reste de sa personne.

Avec quel luxe de phrases elle vous raconte ses malheurs, aussi complaisamment que si c'étaient des bénédictions.

— Un mari invalide, *voyez-vous ça ?* (je souligne les expressions créoles). C'était un confédéré naturellement, et il l'est encore, mais le *pauvre garçon* ne peut plus travailler, et nous sommes pauvres, pauvres !

Tout cela est clamé presque gaiement, sur la tonalité la plus haute, tandis que la jeune négresse — la servante — écoute le français de sa maîtresse en tenant entre ses grosses lèvres le bout du balai qu'elle serre entre ses grosses mains noueuses.

Ici les affaires — comme dans les villes européennes — n'ont usurpé que la moitié du domaine. Les boutiquiers vivent au-dessus de leur magasin et communiquent à leur commerce un peu de parfum de leur intérieur. L'élégant salon, où le coiffeur pour dames règne en maître, a son palier encombré d'enfants : l'épicier et son épouse, le passementier et sa fille, occupent ensemble le comptoir. Voici un petit café, avec sa banne baissée. Regardez et vous verrez une demi-douzaine de gros et gras camarades, buvant l'absinthe du soir et jouant le piquet et le vingt-et-un, exactement comme dans notre bonne ville de Paris.

Ici, cependant, peut-être une petite pointe d'américanisme. Un nègre paresseux, couché dans sa voiture, les yeux clos languissamment et un de ses pieds malpropres pendant sur le pavé... eh bien !... interrogez-le, il vous répondra en français..... peu correct, mais abondant. Les enseignes françaises abondent.

Ici un magasin de vin et d'eau-de-vie du cœur de la France méridionale. Là une notice funéraire, imprimée en gros caractères noirs, « Les amis de X... sont respectueusement invités à assister aux funérailles qui auront lieu à quatre heures précises le... »

Le papier est bordé de noir et cloué sur une planche.

Passe un groupe de nègres français, les femmes habillées avec une certaine grâce, avec leurs mouchoirs aux couleurs gaies roulés autour de leurs cheveux laineux, d'une incroyable luxuriance. Leurs cavaliers se carrent dans de vieux vêtements qui ne sont que loques ; et tout ce monde crie son patois qui retentit à trois rues de distance.

Prenons les rues transversales, — aux noms français — rue Royale, rue de Chartres, rue de Bourgogne, rue du Dauphin, rue du Rempart ; voici la traditionnelle échoppe du savetier, qui tire son fil ciré, écarquillant ses yeux, à l'ombre d'une vieille arche au caractère espagnol... voici aux fenêtres d'un admirable hôtel, — qui fut jadis princier — un lot de petits nègres, tout crêpus, en tas sur le banc du tailleur accroupi. Derrière cette vitrine, voyez la *table d'hôte*, la vraie table d'hôte des banlieues parisiennes, entourée d'une vingtaine de Français et de Françaises, tous parlant à la fois en prenant le déjeuner de onze heures.

Vous pouvez, s'il vous plaît, entrer dans des restaurants aristocratiques où les planchers immaculés rivalisent de propreté avec le linge d'une exquise blancheur.

Ici règne une dignité solennelle, vous pouvez en toute paix savourer les joies du gourmet. Le garçon vous donne la liste des plats en deux langues et met à votre disposition une serviette assez grande pour vous cacher tout entier, si par aventure ce mélange de cuisine française et américaine était défavorable à votre digestion.

Les familles françaises de distinction dînent ordinairement à quatre heures, parce que le théâtre commence à sept heures, le dimanche comme les jours de la semaine.

Les affiches sont en français, et pas une dame — en flânerie de boutique — ne manquerait de faire sa petite station devant les programmes alléchants.

Ces flâneries commencent à onze heures et finissent à deux heures. Le vieux quartier s'anime, s'illumine d'élégances. Toutes les dames vont deux par deux, car l'étiquette française interdit à toute dame la promenade solitaire. Elles doivent être accompagnées d'une parente ou tout au moins d'une servante.

Que de jolis visages on rencontre dans la rue Royale, aux balcons et aux loges de l'opéra. Rien de plus gracieux que ces groupes d'adorables créoles, lorsqu'elles se réunissent sur leurs terrasses, par une belle soirée de printemps, bavardant gaiement aux derniers reflets du soleil couchant.

Un de leurs plus grands charmes, c'est la langue qu'elles parlent, cet anglais incorrect, coloré, français dans son esprit et dans son accent. Les dames créoles ne sont point en général aussi sérieusement instruites que les gracieuses filles du quartier américain. Mais elles possèdent une grâce indéfinissable, un talent et un goût de toilette, une facilité de conversation qui fait d'elles les favorites de la société louisianaise.

Aux matinées du samedi, à l'Opéra, ou bien pendant la saison du Théâtre français, vous pouvez voir des centaines de dames du quartier français, — *the quarter* — comme on l'appelle simplement. Et il est difficile de rêver plus ravissant groupe de brunettes, toilettes plus délicieuses et façons plus aimables.

Le calme qui a régné dans le quartier français depuis la fin de la guerre de sécession est anormal. Mais, en vérité, il serait difficile de trouver rues de village plus calmes que les avenues de ce quartier après neuf heures du soir. Les longues et splendides étendues des rues du Rempart et de l'Esplanade, avec leurs rangées d'arbres plantés au centre de la chaussée — avec leurs troncs peints de blanc qui ont un si singulier aspect de neige et de verdure mélangées — sont paisibles à n'y pas croire. Les nourrices négresses vont lentement sur les trottoirs. caquetant en patois français avec les enfants de ceux qui jadis étaient leurs *maîtres* et ne sont plus que leurs *patrons*.

Il n'y a jamais de tentative de modifications dans les allures de la ville, point d'innovations cherchées. Familles françaises et espagnoles se contentent de leurs habitudes d'intérieur, de leurs fêtes de familles, de leurs églises, de leurs flâneries, de leurs visites mutuelles.

La majorité des habitants du quartier français semble professer un dédain complet pour le monde extérieur : et quand par aventure on les entend causer de la situation politique des États-Unis, on dirait en vérité qu'ils parlent d'un sujet qui leur est absolument indifférent ; ils oublient même qu'il s'agit de leur vie et de leur fortune. Ils ne vivent qu'entre eux. Ils sont restés Français d'habitude et de sentiments et ne s'intéressent pas aux troubles de la patrie américaine.

Ce qui est encore bien surprenant, c'est combien peu les Américains de la Nouvelle-Orléans connaissent leurs voisins français; et combien ils les apprécient mal.

Il serait difficile de causer cinq minutes avec un Américain sans l'entendre dire :

— Ah! nous n'arriverons jamais à rien ici. Nous avons un élément rebelle à tout progrès et qui ne sera jamais converti.

Après quoi, il s'irritera contre eux en raison de leur refus de se mêler aux affaires publiques, mais il se refusera absolument à toute démarche qui pourrait changer cet état de choses.

Les plus beaux hôtels entourent le palais de l'archevêque, qui était autrefois le couvent des Ursulines. Mais les religieuses se sont construit, sur le bord de la rivière, un splendide établissement dont les bâtiments sont absolument cachés par la verdure.

L'archevêché fut achevé en 1733, c'est un des plus anciens édifices de la Louisiane. Il est d'architecture toscane, d'ordre composite.

Nombre des propriétaires des hôtels qui avoisinent l'archevêché sont retournés en France depuis la guerre. Les loyers de ces constructions superbes ont été convertis de dollars en francs, et ont passé dans les caisses parisiennes. Aujourd'hui, elles n'ont plus de valeur et sont presque vides.

L'abolition de l'esclavage et les bouleversements qui l'ont accompagnée ont amené dans la constitution politique de la Louisiane de tels changements que, parmi ceux qui appartenaient au parti de l'*ancien régime*, l'émigration a été très nombreuse. Un des plus honorables chefs de famille créole me disait récemment qu'il ne connaissait pas une seule personne qui ne fût décidée à partir, si ses moyens le lui permettaient.

C'est qu'en vérité, l'Italie d'Auguste était moins différente de l'Italie d'aujourd'hui que la Louisiane actuelle ne l'est de la Louisiane avant la guerre.

Une des plus nobles qualités des Louisianais, l'hospitalité, a pour ainsi dire disparu. Autrefois, l'hôte qui était présenté à un planteur était hébergé pendant des semaines entières, de façon royale, puis on l'envoyait à des voisins qui le gardaient à leur tour. Maintenant, ces planteurs d'autrefois sont devenus négociants en blé et en salaisons. Des dames, dont la fortune était immense, sont devenues blanchisseuses pour gagner le pain quotidien.

D'admirables plantations sont entièrement désertes.

Les nègres les quittent pour aller à la ville ou pour travailler sur le terrain qu'ils ont acheté.

Dans le quartier français, il y a des multitudes de ces nègres, parlant les deux langues de la façon la plus grotesque. Quel singulier peuple ! ils sont en tout semblables à de petits enfants, bruyants, bavards, insouciants, volontaires, capricieux comme des bébés.

Les négresses errent à travers les rues, bras et jambes nus, portant les enfants de leurs maîtresses ou ayant de larges paniers sur la tête, et allant d'un pas lent et grave comme des reines.

Et quelles différences dans le type. Parfois vous rencontrez une mulâtresse qui pourrait disputer le prix de la beauté à une fille de Sorrente, tantôt vous vous heurtez à une géante, noire comme la tempête, véritable sauvage, digne de ses ancêtres du Congo.

Les nègres — pris d'ensemble — semblent quelque peu dépaysés. A part les serviteurs des anciens hôtels, qui ont conservé un peu de la dignité de leurs maîtres, les autres n'ont rien de séduisant. On les voit, groupés au coin des rues, bavardant, gesticulant, piaillant. Ayant peu de besoins, ils ne travaillent guère. Deux jours de travail par semaine, — joignez à cela les poules qui, de temps à autre, s'*égarent* dans leurs poches, — et ils ont de quoi vivre.

Peut-être la plus grande preuve de la misère qui règne dans les hautes classes de la Nouvelle-Orléans, fut la suspension des représentations de l'Opéra pendant l'hiver de 1873. Jusque-là, l'Opéra était considéré comme une dépense nécessaire et on ne reculait devant aucun sacrifice pour s'assurer le concours de grands artistes. L'Opéra est un très beau bâtiment, construction moderne, au coin des rues de Bourbon et de Toulouse. L'intérieur est très élégamment décoré et la foule y abonde. Ce fut un véritable deuil que sa fermeture.

Le peuple du quartier français parle généralement les deux langues, quoique les Américains n'aiment pas le français. Les enfants français parlent tous anglais et dans les jeux des rues, les deux idiomes sont mêlés de la façon la plus bizarre. Les enfants américains appellent les oiseaux, les poissons, les animaux de noms français corrompus. On dit — malleroo, — pour malheureux. En

Le crabe lui pinçait le mollet.

jouant au cerceau, les Américains crient : Poussez ! poussez !...

Un étranger qui reste dans le quartier français pendant un dimanche, est stupéfait du nombre de processions funèbres qu'il rencontre.

Il semblerait, en vérité, que la mort choisit expressément la fin de la semaine pour préparer sa mise en scène du jour férié. Les cimetières, anciens ou nouveaux, riches ou pauvres, se trouvent à l'intérieur de la ville et la plupart ont très belle apparence, avec les tombes blanches apparaissant à travers la verdure sombre. Mais ces tombes ne sont point semblables aux nôtres. Il serait difficile, pour ne pas dire impossible, de creuser une fosse dans le sol louisianais, sans rencontrer l'eau, tant sont considérables les infiltrations du fleuve. Aussi construit-on les tombeaux au-dessus du sol. Les anciens cimetières français et espagnols présentent de longues rues, bordées de murs de ciment, avec des ouvertures pareilles à des fours. On peut lire encore des inscriptions remontant au milieu du dix-huitième siècle. Ces monuments sont d'un aspect froid, mais imposants par leur tristesse même. Dans les communautés catholiques, on voit chaque dimanche des processions de visiteurs en deuil.

Pour en finir avec le quartier français, parlons de l'hôtel Saint-Louis, un des plus beaux monuments de la Nouvelle-Orléans, et aussi un des plus remarquables hôtels des Etats-Unis. Il avait été d'abord construit pour contenir la Bourse, un hôtel, une banque, des salles de bal et des magasins. La rotonde, transformée en salle à manger, est admirable, et le dôme intérieur est orné de scènes allégoriques peintes en fresques par Canova et Pinoli. L'immense salle de bal est superbement décorée.

L'hôtel Saint-Louis fut presque détruit par un incendie, en 1840. Mais en moins de deux ans, il était sorti de ses cendres.

Des deux côtés de Jakson square s'élèvent de splendides constructions de briques dues à la comtesse Pontalba. La rue de Chartres et toutes les avenues qui entourent l'hôtel ont le caractère essentiellement français : cafés, magasins, pharmacies, boutiques d'objets de luxe, tout rappelle Paris.

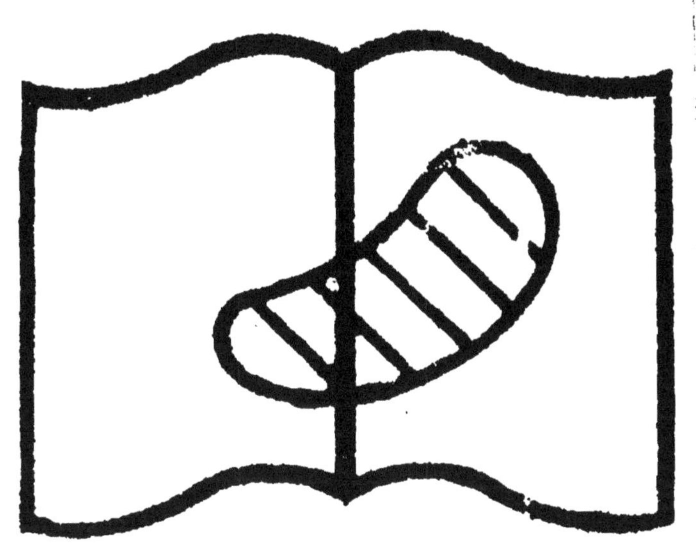

Illisibilité partielle

Chacune des rues de la vieille cité a sa légende, gaie ou tragique.

Le passé revit tout entier, dans les noms, dans les allures des habitants. Et pour le Français qui visite la Nouvelle-Orléans, il reste au cœur cette singulière impression qu'on a coudoyé des ancêtres.

Mais c'est assez nous étendre sur la description de la cité louisianaise et il est temps de reprendre le récit des aventures de nos héros...

XXI

LE RETOUR

Le fragment de lettre trouvé par Ned-Bark et Valville dans la grotte qui avait servi de prison à la pauvre Jeanne, bien qu'obscur dans sa plus grande partie, semblait cependant contenir des explications dont il convenait de tenir compte.

Ce billet était écrit en français.

Sans doute les bandits, complices de Red Ralph, ne comprenaient pas cette langue, ce qui avait décidé la captive à la choisir, afin de leur cacher l'objet de ce message dont on devine l'importance.

Nous devons en rappeler la teneur.

Les lignes tronquées laissaient intacts les mots suivants :

je t'at
jusqu'ici j'ai pu
me tient en son pouvoir
es à ma recherche : il sait
racher sa proie. Il va m'entraî
ai surpris quelques mots échan
il a parlé d'une
ouisiane
comprendre
à Wood
aide

La première question qui se présentait à l'esprit était celle-ci.

Pourquoi Jeanne avait-elle écrit ces lignes? c'était une imprudence qui ne pouvait s'expliquer que par cette seule circonstance qu'elle pensait pouvoir compter sur le concours d'un messager.

La pitié s'était-elle donc glissée dans le cœur de quelques-uns de ces misérables. Ou bien, comme le nègre Biji, en était-il qui fussent prêts à se venger de leur chef en le trahissant, en raison de mauvais traitements reçus.

Mais d'autre part ce qui n'était pas douteux, c'est que Red Ralph avait surpris la jeune fille et qu'elle n'avait eu que le temps de détruire le billet et d'en jeter loin d'elle les fragments.

Il était regrettable que la plus grande partie manquât.

Ned-Bark et Freedy, l'un par ses habitudes policières, l'autre grâce à la logique naturelle de son esprit, étaient aptes à déchiffrer les problèmes les plus ardus de la cryptographie.

Mais ici les difficultés étaient nombreuses.

D'abord la façon dont le papier était déchiré, empêchait de connaître la grandeur de la feuille de papier, et par conséquent la longueur des lignes qui y avaient été tracées, et par conséquent le nombre des mots manquants. Cependant certains points semblaient hors de discussion.

Et — sauf l'exactitude des expressions — il était facile de retrouver le sens de quelques membres de phrases.

— Jusqu'ici j'ai pu... *me défendre*... il va m'entraî... *ner*. J'ai surpris quelques mots échangés *entre lui et*... il a parlé d'une... *ville* de la Louisiane...

Mais les trois derniers fragments restaient intraduisibles.

Le mot — comprendre — était-il précédé de *j'ai pu* ou *je n'ai pas pu*. Il s'appliquait évidemment au nom de la ville choisie par Red Ralph pour servir de prison nouvelle à sa captive.

Puis — à Wood — que signifiait cela?

L'idée qui se présentait tout naturellement à l'esprit, c'est qu'il s'agissait là du planteur Woodman, qu'elle connaissait pour un des plus sûrs amis de son père.

Le mot — aide! — C'était la prière suprême.

En présence de ce problème — dont la solution paraissait introuvable — Valville et ses amis éprouvèrent un profond découragement.

Que faire? de quel côté diriger leurs pas?

En vain, recommençant dix fois la périlleuse ascension du Roc-Diable, ils en avaient fouillé toutes les anfractuosités, étudié les pentes les plus rapides. Ils avaient retrouvé la trace des points d'appui sur lesquels s'appuyaient naguère les échelles suspendues. Mais, malgré toute leur persévérance, ils n'avaient pu comprendre par quelle voie les bandits s'étaient échappés en entraînant la malheureuse fille du planteur de Battle-Field.

Ils ne s'étaient pas enfuis par la mer. Car les gardiens du schooner de Carthwright n'avaient vu aucune embarcation s'éloigner de la rive, quoique leur situation leur permît la surveillance de la côte sur un périmètre très étendu. En faisant le tour des blocs énormes qui constituaient le môle granitique de Roc-Diable, on n'avait rencontré qu'un amas de roches se perdant peu à peu dans une cyprière impénétrable.

Bien que rien n'indiquât le passage récent d'une troupe d'hommes, cependant il était supposable que c'était par cette voie que les misérables avaient disparu.

Puis, à toutes ces causes de désespoir, une dernière venait encore s'ajouter. Alice aimait son frère, si gai, si jeune, d'un amour profond. Et Valville lui avait voué un véritable attachement.

Certes, bien souvent on avait ri de ce gamin un peu fou qui lui-même riait de tout : mais dans les graves circonstances où on se trouvait engagé, il avait montré tant de courage, tant de joyeuse insouciance en face du danger qu'il s'était révélé sous un jour tout nouveau.

Et il avait disparu? Avait-il perdu la vie, en tombant dans quelqu'un des torrents qui roulaient sur le penchant du roc? Avait-il été surpris, entraîné, tué par les bandits! le champ des conjectures était vaste, mais par malheur toutes les hypothèses étaient également désespérantes.

Seraient-ils donc vaincus dans la lutte qu'ils avaient entreprise? et allaient-ils ainsi tomber un à un, sans pouvoir arracher Jeanne à ses ravisseurs et sans venger le malheureux planteur qui avait péri victime d'un épouvantable attentat?

Ces pensées torturaient le cœur de Charles Valville.

Avait-il le droit d'entraîner à son sort, d'entraîner dans ces périls sans cesse renaissants tous ceux qu'il aimait ; et surtout Alice, celle qui lui avait si loyalement donné sa vie. Et si, par aventure, quelque malheur la frappait, comment oserait-il se représenter devant l'excellente et généreuse Mme Longpré, dont elle était toute la vie, la suprême espérance de sa vieillesse.

Non ! il était du devoir de Valville de ne pas accepter plus longtemps ces sacrifices. C'était déjà trop qu'Eusèbe eût payé de sa vie peut-être son dévouement : d'autres victimes ne devaient pas tomber. A lui seul appartenait la mission de continuer sa tâche...

Et, décidé à imposer sa volonté, Valville attira Alice à l'écart.

Ils se trouvaient sur une des roches... devant eux une chute d'eau bouillonnait, blanche d'écume, tombant dans une sorte de gouffre...

— Alice ! ma bien aimée ! lui dit Valville. Écoutez-moi !... nous devons nous séparer...

Mais il ne put achever. Alice, avec un cri désespéré, avait tout deviné, tout compris :

— Pas un mot de plus ! s'écria-t-elle. Je suis votre compagne, je suis votre femme. Où vous irez, j'irai. Quels que soient vos arguments, si puissants que vous les puissiez croire, ils ne changeront pas ma résolution...

Et comme le jeune homme la suppliait :

— Votre tâche est devenue la mienne, ajouta-t-elle. S'il est vrai que mon pauvre frère ait succombé, je veux le venger... ou, s'il en est temps encore, le sauver...

Valville céda. Et les deux jeunes gens, obéissant à un généreux enthousiasme, jurèrent en face de cette nature à la fois splendide et effrayante de vivre et de mourir ensemble, nouvelles fiançailles qui les liaient plus étroitement l'un à l'autre...

Assez d'hésitation. Il fallait regarder la situation en face et prendre une prompte résolution.

Un conseil fut tenu. Le brave Cartwright — dont l'émotion était telle qu'il en oubliait sa passion crabesque — fut sollicité de donner son avis.

Ned-Bark prit le premier la parole.

Le brave détective n'était pas sans avoir éprouvé quelque humiliation : certes, il n'avait rien négligé, et — suivant son contrat — il avait bravement risqué sa vie.

Mais il n'y avait pas à se le dissimuler, tous ses efforts

n'avaient abouti qu'à un échec grave, sinon irréparable.

Le mieux — selon lui — c'était de s'en tenir aux termes mystérieux du billet qu'il expliquait ainsi.

Jusqu'ici, le misérable Red Ralph n'avait pas osé abuser de sa force, en imposant ses volontés à la sœur de Valville. Il avait vu que ni menaces ni terreurs n'avaient de prise sur cette âme courageuse; et peut-être voulait-il maintenant, en l'entraînant de nouveau en Louisiane, tenter d'autres moyens d'intimidation, par exemple, menacer la vie de sa sœur.

Le danger se déplaçait, sans être moins grand. Pourtant, de l'avis de Ned, s'il était vrai que Red Ralph choisît ce nouveau terrain de lutte, il serait plus facile d'avoir raison de lui.

En tout état de cause, il n'y avait pas une minute à perdre. Il fallait regagner la plantation Woodman; puis mettre Lucile en sûreté à la Nouvelle-Orléans.

Après quoi, on agirait d'après les circonstances.

— Mais, ajoutait Ned-Bark, j'ai dès à présent un plan que je vous communiquerai plus tard, et par lequel nous parviendrons à triompher de ce misérable.

En somme, si précaires que fussent les espérances nouvelles, il était évident qu'il valait mieux quitter ces régions inexplorées où Red Ralph possédait des ressources inconnues. De plus, à bien étudier le billet de Jeanne, les suppositions du détective n'étaient pas inacceptables.

Il fut donc décidé que sans retard on regagnerait Saint-Augustin, Jacksonville, et que de là, par chemin de fer, on irait le plus rapidement possible à la Nouvelle-Orléans.

Comme il était certain que Red Ralph et ses complices ne se hasarderaient pas par les voies fréquentées, ce qui nécessairement retarderait leur marche, il était préférable de les précéder en Louisiane et de dresser ses batteries contre eux avant leur arrivée.

Le schooner de Cartwright était en état de reprendre immédiatement sa marche. Et le soir même du jour où nos amis avaient débarqué, pleins d'espoir sur cette côte maudite, la *Tortoise* filait rapidement vers le nord. On relâcha seulement quelques heures à Saint-Augustin, pour prendre Mme Longpré et aussi dans l'espoir d'obtenir dans la ville quelques renseignements sur le passage des bandits. Mais Ned-Bark ne put recueillir aucune information.

Enfin on toucha Jacksonville.

Là, Cartwright se sépara de ses nouveaux compagnons. Pour lui, il allait quitter l'Amérique du Nord, et suivant les côtes du Brésil, continuer ses recherches de naturaliste.

Certes, c'était un original de première catégorie. Mais il avait prouvé une fois de plus que chez tout homme qui aime sincèrement la science, il y a des qualités généreuses qui honorent l'humanité.

Ce fut donc avec force poignées de main que les alliés de quelques jours se quittèrent. Devaient-ils jamais se revoir?

Le bon Cartwright avait les larmes aux yeux, et tandis que le *Florida Atlantic Railway* emportait Valville vers Tallahassée, le savant, ayant amené à l'embouchure du Saint-John la barque de son schooner, leur adressait de loin un dernier adieu.

Valville ne pouvait sans tristesse refaire ce chemin qu'il avait déjà parcouru avec Freedy lors de leur arrivée d'Europe. Déjà de longs jours s'étaient écoulés, et rien n'était accompli.

Ils firent avec la rapidité de l'éclair le trajet des six cents milles qui séparent Jacksonville de Mobile. Les trains américains, marchant à toute vapeur, laissent bien derrière eux nos prudents railways d'Europe. Est-ce à dire qu'on y soit exposé à plus d'accidents? Non, si on tient compte des distances parcourues et du nombre de voyageurs transportés. D'ailleurs les Américains font en général assez bon marché du danger, pourvu qu'ils aillent vite. On connaît les prouesses des bateaux à vapeur, se livrant sur les fleuves à de réels steeple-chases. Et il en est parfois de même sur les lignes de chemins de fer.

N'a-t-on même pas eu l'idée d'organiser des courses de railways!

On comprend ce que cela signifie. Sur deux voies parallèles, deux trains partent en même temps, à toute vitesse. Lequel des deux dépassera l'autre? Les chauffeurs, les mécaniciens usent des ressources les plus insensées pour accélérer leur marche... Ils se passionnent, c'est une lutte où ils risquent leur vie avec enthousiasme.

Mais le plus curieux, et non le moins philosophique côté de la question, c'est que, des paris formidables étant engagés, parieurs et juges du camp sont eux-mêmes montés dans le train.

Quand les vitesses sont égales, on s'injurie, d'un train à l'autre, on se menace. On crie aux chauffeurs d'accélérer, on leur promet en cas de victoire des gratifications énormes...

Et si, obéissant à ces objurgations, les conducteurs de trains chargent la vapeur à tout faire éclater, eh bien! tout saute, chauffeurs, parieurs et juges! de cette façon, il n'y a pas de jaloux.

Du reste, les Américains traitent un peu les chemins de fer en jouets d'enfants. Ils se sont ingéniés à faire ressembler l'avant des locomotives à des masques diaboliques, grâce aux deux lanternes accrochées de chaque côté, et à une grille ouverte qui laisse apercevoir le foyer incandescent. Dans la nuit, l'aspect est effrayant, d'autant plus que le tuyau, largement évasé au sommet, jette un énorme panache de fumée et de flamme qui, sur le masque, semble une sorte de plumet planté au crâne d'un démon.

Cependant nos voyageurs arrivèrent à Mobile sans accident.

On se souvient que la première fois Valville et Freedy, pour plus de précaution, avaient fait avec Alice et Mme Longpré le trajet de Mobile à Pontchartrain par terre.

Mais cette fois il était inutile de chercher à tromper des adversaires, à qui la guerre était déclarée ouvertement.

Un steamer chauffait dans la rade de Mobile, prêt à partir pour la Nouvelle-Orléans. Freedy prit juste le temps d'aller voir à l'hôtel s'il ne se trouvait aucune dépêche à son adresse; puis, s'étant assuré de la négative, il revint vers ses amis, et tous s'embarquèrent aussitôt.

Aucun incident ne troubla la traversée; et enfin ils abordèrent à la levée de la Nouvelle-Orléans.

Il avait été décidé que Valville se rendrait à Pontchartrain, avec Freedy et Sambo, Alice et sa tante iraient demander l'hospitalité à des amis de la famille qui demeuraient dans le quartier français. Quant à Ned-Bark, il allait commencer de nouvelles recherches, se tenant à la disposition de ceux dont il avait épousé la cause.

Les trois hommes partirent aussitôt à cheval dans la direction de la maison Woodman.

Alice et Mme Longpré furent accueillies à bras ouverts par la famille d'origine française qui habitait la rue Bourbon, et qui se composait du père, M. Blanchemont, de sa femme et de ses quatre filles.

C'était bien une de ces anciennes demeures seigneuriales dont nous avons donné la description dans notre précédent chapitre.

Il sembla aux deux femmes qu'elles se retrouvaient sur le sol français. Dût-on nous taxer d'orgueil national, disons hautement que c'est dans l'esprit français seulement que l'on trouve cette urbanité réelle, dépourvue de toute morgue qui met l'hôte à l'aise chez ceux qui le reçoivent, aussi bien que s'il se trouvait dans sa propre maison.

M. Blanchemont — dont les ancêtres avaient contribué à la fondation de la Nouvelle-Orléans — appartenait à cette race protestante qu'une mesure inique et impolitique chassa de France, lors de la révocation de l'Édit de Nantes.

Bien que la famille eût prospéré au delà de ses espérances, jamais elle n'avait oublié la mère-patrie, qu'elle ne rendait pas responsable des souffrances qui lui avaient été infligées. Attachée désormais par ses intérêts à la terre américaine, elle se sentait cependant attachée par les liens du cœur à la nation française. Et ç'avait été un orgueil pour elle — orgueil respectable entre tous — de garder pur dans ses veines le sang de la vieille Gaule.

Les Blanchemont n'avaient contracté d'alliance qu'avec des Français comme eux. Et à l'heure présente il était facile, en considérant Mme Blanchemont et ses filles, de constater que le type de la race s'était conservé intact.

Il en était de même de la langue. Le père de famille se faisait lui-même l'éducateur de ses enfants, de telle sorte qu'ils ne se laissassent pas entraîner par le charme de ce langage créole qui tient à la fois des deux idiomes. La langue française s'était conservée dans cette famille avec une pureté vraiment extraordinaire : et même en entendant leurs causeries, un puriste eût éprouvé une singulière jouissance à retrouver, presque sans changement, les façons de parler du XVIIIe siècle. Il en était de même des manières et des allures de tous les membres de la famille. Bien que M. Blanchemont n'eût aucune prétention à la noblesse et fût aussi fier de sa roture que d'autres de titres plus ou moins pompeux, cependant l'exquise distinction dont les signes éclataient à tout instant rappelaient les meilleurs temps de la vieille politesse française.

M. Blanchemont avait beaucoup connu M. Valville et avait déploré sa triste fin. Aussi reçut-il avec joie celle que le fils de son ancien ami lui confiait, comme sa fiancée, comme son bien le plus cher.

— Vous venez de France, dit-il à Mme Longpré, je serai bien heureux si, au milieu de nous, vous ne vous trouvez pas dépaysée. Ne nous semble-t-il pas à nous-mêmes que vous nous apportez un peu de cette patrie qui est et reste quand même la nôtre...

Malgré leur énergie, les deux voyageuses succombaient à la fatigue. La femme de fer elle-même avait plié. C'est qu'aussi elle avait reçu en plein cœur une douloureuse blessure par la disparition d'Eusèbe. Elle s'était habituée à regarder les deux jeunes gens comme ses enfants, elle ne les séparait pas dans son affection maternelle : et, s'il fallait tout avouer, il y avait dans un petit coin de son âme, un peu de préférence pour cet espiègle qu'elle savait bon.

Un appartement leur fut promptement préparé.

Bien qu'avec un tact véritablement français, Mme de Blanchemont et ses filles se fussent abstenues de toutes questions, pourtant elles avaient bien deviné qu'une grande douleur accablait les deux femmes. Quand Mme Longpré fut sur le point de se retirer, elle attira à elle les deux plus jeunes filles de Mme Blanchemont, deux adorables blondines de douze et quatorze ans, et les pressant contre sa poitrine :

— Heureuse mère ! dit-elle les larmes aux yeux, puissiez-vous être heureuse par ces chères enfants, que je bénis du fond du cœur...

Déjà les deux aînées, Pauline et Marthe, semblaient considérer Alice comme une sœur.

Malgré elle, à la vue de cette famille si charmante, si unie, Alice sentait une sorte de paix descendre en elle et calmer sa fièvre. Oui, c'était bien là le bonheur qu'elle avait rêvé, elle aussi ; et elle se demandait s'il lui fallait renoncer désormais à toute espérance.

Il sembla que Mme Blanchemont — une jolie blonde de quarante ans au profil doux et bon — eût deviné ses secrètes pensées, car en lui donnant le baiser du soir :

— Je vous souhaite de beaux rêves, lui dit-elle en souriant, et souvenez-vous qu'il n'est point d'épreuves auxquelles on n'échappe avec une conscience pure.

Et Alice éprouvait un soulagement délicieux : l'ombre paisible de cette maison de probité l'enveloppait tout entière...

Si bien qu'à peine eut-elle gagné sa chambre, à peine eut-elle envoyé ses meilleures pensées à tous ceux qu'elle aimait, qu'elle s'endormit de son sommeil de vingt ans...

Pendant ce temps, Valville, Freedy et le nègre galopaient à franc étrier vers la plantation de Woodman.

Pour eux le calme ne venait pas. Au contraire, de nouvelles inquiétudes les assaillaient. Quand une fois on se sent saisi par l'engrenage de la fatalité, il faut une rare force d'âme pour ne pas être saisi de sinistres pressentiments.....

Lucile aurait-elle donc été menacée, elle aussi ?

Quand ils aperçurent de loin les massifs de magnolias qui formaient autour de la plantation comme une haie impénétrable, leur cœur battait si violemment que, sans s'être concertés, ils s'arrêtèrent brusquement.

Puis ils se regardèrent et leurs mains se tendirent l'une vers l'autre :

— Allons ! fit Freedy, du courage ! l'avenir appartient aux honnêtes gens !

Et ils piquèrent des deux vers la barrière.

XXII

LES AÏEUX DE RALPH LE ROUGE

Par bonheur, les craintes de nos amis ne devaient pas être justifiées. A supposer que ce fût de ce côté que dussent tendre tous les efforts de leurs ennemis, du moins jusqu'ici la plantation n'avait-elle encore été l'objet d'aucune tentative criminelle.

Ce fut ce que leur apprit l'excellent M. Woodman, dont l'inquiétude était d'ailleurs à son comble et qui écouta avec un puissant intérêt le rapide récit que lui firent les voyageurs.

— J'approuve hautement, dit-il, les mesures de prudence que vous avez prises, en laissant Mlle Lodier et sa tante à la Nouvelle-Orléans, chez mon ami Blanchemont...

— Vous êtes par conséquent d'avis, ajouta Valville, que je dois conduire ma sœur Lucile auprès d'elles?...

— Certes, et sans perdre une minute.

A ce moment, Lucile qui avait été avertie de l'arrivée des deux jeunes gens parut et se jetant dans les bras de son frère :

— Toi! enfin! s'écria-t-elle.

Mais regardant autour d'elle avec une expression d'épouvante :

— Mais elle! Jeanne! ma sœur!

Les deux hommes baissèrent la tête. Freedy surtout était très pâle. Car, bien qu'il eût fait son devoir, bien qu'il eût risqué sa vie, sans mesurer le danger, cependant il ne pouvait oublier qu'il s'était juré de ne point reparaître devant Lucile, devant celle qu'il aimait, sans lui rendre sa sœur.

Et Lucile, n'avait-elle pas deviné cet engagement tacite, conclu par Freedy avec sa conscience? et Freedy n'en eut-il pas la preuve dans le long et triste regard que lui jeta la jeune fille, regard dans lequel il lisait tant de reproches.

Woodman qui comprit se hâta d'intervenir.

— Lucile, dit-il vivement, une défaite ne prouve pas qu'il faille à tout jamais désespérer de la victoire...

— Non! certes, s'écria Freedy. Ah! si vous saviez, mademoiselle, avec quelle ardeur, avec quelle énergie nous avons lutté!

Le visage de Lucile prit une expression d'ineffable douceur. Elle se sentait injuste et voulait réparer ses torts. elle tendit la main à son frère :

— Pardonnez-moi, dit-elle, mais vous comprenez bien que je souffre, que je pleure... j'aime tant ma pauvre Jeanne!

— Du moins, s'écria Valville avec un geste de colère, l'un des misérables assassins de notre père a déjà payé sa dette...

— Certes, notre père doit être vengé, reprit vivement Lucile. Mais lui-même, s'il était là, ne vous crierait-il pas de songer avant tout à sa fille bien-aimée?...

— O sœur chérie! s'écria le jeune homme, ne pense pas que nous ayons renoncé à la mission qui est la nôtre, Nous allons repartir, mais cette fois, je te le jure, ou nous mourrons ou Jeanne te sera rendue!...

— Mourir! Ah! ce serait horrible!... Que deviendrais-je moi! si vous tous, vous m'abandonniez!

— A mon tour, Lucile, je te dis de ne point désespérer. Mais, vois-tu, avant tout, il faut que nous soyons délivrés des inquiétudes qui, malgré nous, enchaînent notre liberté d'action...

— Que veux-tu dire?

— Je veux dire que si nous sommes revenus aussi promptement, c'est que de graves raisons nous faisaient craindre que des périls inconnus ne te menaçassent à ton tour...

— Moi!

— Et nous voulons que du moins nous n'ayons plus rien à redouter pour toi... tout à l'heure, nous te conduirons à la Nouvelle-Orléans.

M. Woodman expliqua en quelques mots à la jeune fille la décision prise. Elle n'avait aucune objection à présenter. Même elle ajouta en secouant la tête :

— Vous avez peut-être raison!... et il se peut que je ne sois pas en sûreté ici...

— Que voulez-vous dire? s'écria Freedy. Avez-vous donc remarqué quelque indice menaçant?

— Rien de positif, dit la jeune fille, cependant...

— Achevez....

— Ce n'est peut-être qu'une illusion de mon cerveau fiévreux... mais parfois il m'a semblé qu'une surveillance invisible m'entourait... quand, désireuse d'échapper aux angoisses qui me torturaient, je me laissais entraîner par une rêverie jusqu'au fond du parc, parfois il me semblait entendre derrière moi, sous les massifs, des pas qui suivaient les miens...

— Vous ne m'avez jamais parlé de ces inquiétudes, interrompit Woodman.

— Parce que je craignais de vous inquiéter vous-même... puis, je vous le répète, c'est peut-être une folie de ma part... et pourtant il me semble que des ennemis me surveillent, m'épient...

— Raison de plus pour ne pas différer votre départ d'une heure, dit Freedy.

— Je suis prête à vous suivre...

Comme Lucile était encore trop faible pour monter à cheval, M. Woodman donna l'ordre d'atteler.

Pendant que la jeune fille se retirait dans sa chambre pour procéder aux premiers préparatifs, les deux amis étaient restés avec Woodman.

Valville complétait son récit :

Or, il était un détail qu'il n'avait pas encore fait connaître au planteur. On se souvient que lorsque Valville avait été entraîné par surprise dans l'île du Matanzas, il s'était trouvé en face de Red Ralph, et celui-ci, dans un élan de colère, lui avait fait connaître son vrai nom.

Pour des raisons déjà expliquées, nous le remplacerons par celui de Ralph Staunton.

— Ralph Staunton! s'écria M. Woodman. Quoi! c'est à cette famille d'honnêtes gens que ce bandit appartient...

— Il me l'a affirmé lui-même...

Le planteur était pensif.

— J'ai beaucoup connu son père, reprit-il. C'était — c'est encore, je crois, — un homme de cœur, quoique imbu de préjugés farouches contre la race noire. En effet, j'ai entendu dire jadis qu'un de ses enfants, son fils aîné, avait été chassé par lui de sa maison, à la suite d'une action déshonnête... C'était une grande sévérité de la part d'un père... et voici quel en a été le résultat : de son fils, qu'il aurait pu ramener au bien, il a fait un bandit...

Puis, se frappant le front tout à coup, M. Voodman ajouta :

— Qui sait? peut-être a-t-il encore conservé quelque influence sur son fils! et si j'allais faire appel à notre ancienne amitié... sans doute, il ignore ce qu'est devenu Ralph...

— Votre idée est peut-être bonne, interrompit vivement Valville. Je vous le dis, je crois que tout sentiment humain n'est pas éteint dans l'âme de ce misérable !... Je n'en veux d'autre preuve que l'ascendant pris sur lui par ma sœur, qui, bien qu'en son pouvoir, a pu jusqu'ici lui imposer le respect...

— Eh bien ! dès que vous serez partis pour la Nouvelle-Orléans, je me mettrai en route de mon côté... Je crois que M. Staunton habite Galveston : en deux jours je serai auprès de lui, et soyez tranquille, je plaiderai votre cause. Si le père a conservé encore quelque pouvoir sur son fils, qui sait ? peut-être obtiendrons-nous ainsi plus que nous le supposons.

— Puissiez-vous dire vrai !

— C'est une chose étrange que dans cette famille il se soit déjà présenté plusieurs exemples du fait singulier qui nous émeut aujourd'hui. En vérité, je n'eusse jamais songé à rappeler les souvenirs qui se rattachent à la race des Staunton... mais, maintenant que vous m'avez appris le véritable nom de Red-Ralph... ces faits du passé s'imposent d'eux-mêmes à ma mémoire, et je me demande si, réellement, il n'est pas des fatalités terribles pareilles à celles que les tragiques de l'antiquité ont immortalisées dans ces types qu'on appelle Électre ou Oreste...

— Expliquez-vous ! s'écria Freedy. Certains récits sont en effet venus jusqu'à moi, mais je n'y avais pas ajouté créance...

— Ils sont vrais cependant. Et pendant que Lucile se prépare à se mettre en route, je veux vous rappeler le plus terrible de tous...

Nous vous écoutons, dit Valville.

— Oh ! mon récit ne sera pas long. C'était pendant la guerre de l'Indépendance. Les Staunton qui habitaient alors Savannah, dans la Géorgie, prirent hardiment parti pour la patrie contre les Anglais. Edward Staunton, le père de famille, qui comptait cinq fils, avait levé un corps de partisans, et c'était merveille que de voir ces courageux patriotes, combattant sans trève ni repos l'ennemi de la liberté américaine.

« Seulement un jour se leva, sinistre et qui a laissé un cruel souvenir dans l'histoire de cette famille...

« Des cinq fils de Staunton, l'un manqua à l'appel. Où était-il ? Avait-il été surpris, était-il prisonnier de l'ennemi ?

Voyez cette lettre.

En vain on épuisait toutes les conjectures. Mais, chose étrange, à mesure qu'on poussait plus loin l'enquête minutieuse, plus il semblait impossible d'admettre que l'absent eût été victime de quelque guet-apens.

« Les sentinelles — les grand'gardes — n'avaient pas été attaquées. Et nul n'avait remarqué aucun corps ennemi.

« Ce fils qui avait si mystérieusement disparu s'appelait — comme celui qui nous occupe aujourd'hui — Ralph Staunton. C'était le cadet des cinq enfants, et à vrai dire le plus aimé du père.

« Le petit camp des partisans était établi au pied d'une colline, sur le bord d'un cours d'eau grossi par les pluies d'hiver, et sur lequel on avait jeté un pont provisoire fait de troncs d'arbres liés ensemble.

« Or, un des compagnons de Staunton affirmait avoir vu à l'aube un homme qui traversait le pont en s'éloignant du camp. Etait-ce Ralph Staunton, il ne pouvait l'affirmer.

« Le père avait baissé la tête, comme s'il eût compris qu'un affront le menaçait. Que son fils bien-aimé eût été surpris, qu'il fût mort, certes son cœur eût saigné, mais du moins, fixant ses regards sur le drapeau aux Treize-Etoiles qui flottait au-dessus du camp, il se fût dit que ce fils souffrait, que ce fils avait péri pour l'indépendance de sa patrie... Mais voici que Ralph semblait être parti de son plein gré ! Il abandonnait son père, ses frères, ses compagnons d'armes, à la veille du combat ! c'était une désertion, c'était une lâcheté !

« Édward Staunton ne devait recevoir que trop tôt la confirmation de ses douloureux soupçons !...

« La nuit qui suivit, le camp fut attaqué par une force supérieure. Le petit corps des Américains fit des prodiges de valeur. Ce fut une lutte corps à corps dans laquelle deux des fils de Staunton périrent. Et des cinquante braves qui défendirent ce poste d'honneur, une vingtaine au plus parvint à échapper à la mort et à se jeter dans les montagnes.

« Mais ce qui était le plus atroce, c'est que pendant le combat, une voix railleuse, celle du chef des assaillants, avait crié au père :

« — C'est ton fils qui nous a livré le secret du camp !...

« Son fils ! était-ce possible ?... oui, cela était vrai...

Staunton ne perdit point de temps pour combler les vides que la mort avait faits dans sa petite troupe. A cette époque on ne marchandait pas son dévouement. Pour que la patrie fût libre, tous étaient, tous voulaient être soldats.

« A quelques jours de là, Staunton prit une première revanche. Il surprit une troupe d'Anglais, et fit plusieurs prisonniers.

« Ce qu'il voulait avant tout c'était d'entendre parler de son fils, c'était qu'on ôtât de sa conscience le doute affreux qui le torturait.

« Eh bien! il apprit que Ralph Staunton, amoureux d'une Anglaise, avait abandonné son camp pour aller la rejoindre : et que cette femme, transformant ce fou en espion, avait su obtenir de lui les renseignements les plus positifs sur les plans des Américains.

« Quand cette effroyable révélation frappa le vieux Staunton en plein cœur, il devint si pâle qu'on eût dit qu'il allait mourir. Mais pas une parole ne s'échappa de ses lèvres, et nul ne put deviner quels desseins il avait conçus.

« Cependant la guerre continuait, plus acharnée. Déjà les Anglais sentaient que le sol de la libre Amérique leur échappait. Washington, par ses admirables manœuvres, fatiguait, épuisait l'ennemi.

« Staunton avait offert ses services au général et marchait sans cesse en éclaireur en avant de l'armée fédérale.

« Il semblait avoir oublié le passé, et jamais le nom de son fils n'était prononcé.

« Un jour Staunton, après une marche de nuit d'une rapidité inouïe, surprit dans une maison isolée plusieurs officiers anglais, et parmi eux lord Clifton, un des chefs les plus considérables de l'armée ennemie. C'était une capture de la plus haute importance. Staunton revint avec les prisonniers, vers le camp de Washington, qui lui adressa les plus chaudes félicitations.

« — Fixez vous-même la récompense qui vous est due, lui dit le général.

« — Permettez-moi de disposer du sort de mon prisonnier...

« Washington le regarda avec surprise :

« — Staunton, lui dit-il, souvenez-vous que les prisonniers de guerre sont protégés par le droit des gens. Et des républicains doivent avant tous les autres donner l'exemple de l'humanité...

« — Soyez sans inquiétude, général, la vie de lord Clifton sera respectée. Bien plus, dans quelques jours, j'espère, je lui rendrai sa liberté en lui imposant seulement l'obligation de ne plus servir contre nous...

« — Agissez donc ainsi qu'il vous plaît...

« Lord Clifton était logé dans la tente voisine de celle de Staunton, et il était traité avec les plus grands égards. Quel était le projet de Staunton? nul ne le savait... pas même ses fils survivants.

« Cependant un messager avait été dépêché par lui vers une destination inconnue...

« Quelques jours s'écoulèrent sans qu'aucun fait nouveau se produisît, quand enfin le messager reparut...

« Staunton l'interrogea. Il avait réussi dans sa mission.

« Et savez-vous quelle était cette mission?...

« L'Anglaise qui avait fait de Ralph Staunton un lâche et un traître, c'était la fille de lord Clifton. Et le messager était allé la trouver. Il lui avait dit :

« — Votre père est tombé au pouvoir d'Edward Staunton. Rendez-lui son fils et votre père est libre...

« Et elle, experte en trahison, poussée non par l'amour filial, mais par l'orgueil de race, avait consenti à livrer Ralph Staunton, pour acheter la liberté du pair d'Angleterre...

« Une entrevue avait été décidée entre des officiers de l'armée anglaise et Staunton.

« Le père y alla, accompagné d'une faible escorte.

« Les deux troupes se rencontrèrent à la lisière d'une forêt d'arbres géants, dont le tronc était de dimensions telles qu'à travers un d'eux, renversé et creusé, des hommes à cheval pouvaient passer comme sous un portique...

« Staunton rappela les termes de la convention. Il échangerait lord Clifton contre son fils Ralph. Ces conditions furent acceptées, Staunton revint au camp avec son fils.

« Le jeune homme n'avait pas adressé un seul mot à son père. Bien que pas une menace n'eût été proférée contre lui, cependant il avait compris que le châtiment était proche.

« Staunton revint vers Washington et lui demanda de réunir un conseil de guerre, ce qui fut fait. Et Ralph ayant été amené devant les juges, ce fut le père, ce fut Edward Staunton qui se fit le dénonciateur et l'accusateur.

« Il n'avait point de colère. Il parlait froidement comme si celui qu'il accusait n'eût pas été de son sang. Et il demanda que Ralph fût condamné à mort.

« Le crime était patent. L'accusé avouait. Les juges ne pouvaient hésiter à rendre l'arrêt. Et cependant ils avaient pitié de ce père dont l'impassibilité cachait mal les souffrances.

« Du reste, ils ne doutaient pas que Staunton ne demandât et n'obtînt la grâce de son fils. Ralph fut condamné à mort.

« Le père salua le tribunal et sortit.

« Deux heures après, Ralph Staunton était conduit devant le front de l'armée, et là, un sergent le dégradait.

« Certes, c'était déjà un châtiment terrible. Ne devait-il pas suffire à ce père irrité? Cependant Washington attendait en vain Staunton. Quoi! ce père n'osait-il pas demander la grâce de son enfant? Le général dépêcha vers lui un aide de camp.

« — Voulez-vous la grâce de Ralph? lui demanda-t-il.

« — J'ai demandé justice, répondit Staunton. Que justice soit faite!

« Et Ralph Staunton fut fusillé...

« Quand son fils fut tombé sous les balles, Staunton releva son corps et de ses propres mains l'enterra. Alors seulement et pour la première fois, il pleura... Mais il avait accompli son devoir jusqu'au bout...

« Voilà quels terribles souvenirs m'a rappelé le nom de Staunton, ajouta M. Woodman. Et laissez-moi vous dire que moi qui connais le vieux Staunton, celui qui vit aujourd'hui, je crois qu'il serait comme son aïeul, un inflexible justicier. »

Au moment où le planteur achevait son récit, Lucile reparut, vêtue d'un costume de voyage.

La voiture était prête au départ. Woodman embrassa tendrement la jeune fille.

— Courage, lui dit-il. Et gardez l'espérance de revoir votre sœur!

Sambo conduisait les chevaux, qui se lancèrent au galop dans la direction de la Nouvelle-Orléans.

La route qui va du lac Chamberlain à la Nouvelle-Orléans est coupée de cyprières, et les pluies de l'hiver avaient creusé de profondes ornières. Il fallait toute l'habileté du nègre et la vigueur des chevaux pour surmonter tous ces obstacles.

Valville occupait le fond de la voiture avec sa sœur, Freedy se tenait à côté de Sambo.

Tout à coup, le nègre tressaillit :

— Voyez, maître, dit-il à Freedy, l'orage va éclater.

C'était vrai. D'énormes nuages noirs couvraient le ciel. Ces orages de la Louisiane, véritables trombes qui dévastent et ruinent parfois tout un vaste territoire, éclatent avec une soudaineté qui défie toute prévision.

A peine Sambo avait-il prononcé ces paroles d'avertissement que des rafales d'eau, entraînées par l'ouragan, s'abattirent sur la voiture.

Les chevaux épouvantés se dressaient, impuissants à avancer.

Déjà on était trop loin de la plantation Woodman pour songer à y retourner. Il fallait à tout prix trouver un abri.

— Tenez les rênes, dit Sambo en se jetant sur la route. Je vais chercher quelque hutte où, du moins, nous puissions mettre Mlle Lucile en sûreté.

Cependant le danger grandissait à chaque instant. Les chevaux affolés pouvaient à peine être maintenus.

Enfin Sambo accourut.

— Venez vite! s'écria-t-il, j'ai trouvé un refuge.

La pluie avait pénétré les vêtements de la jeune fille qui grelottait. Valville prit sa sœur dans ses bras et suivit le nègre, tandis que Freedy, saisissant les chevaux par la bride, les entraînait dans la même direction.

Ils arrivèrent ainsi à des huttes en planche qui avaient dû être habitées naguère par des bûcherons.

C'était sur le bord d'une sorte d'étang. Un nègre insoucieux de la tempête était assis au bord.

Lucile et Valville pénétrèrent dans l'une de ces huttes, dont les planches disjointes pouvaient, du moins, servir d'abri provisoire.

Freedy dételait les chevaux et les plaçait sous un hangar.

— Il me semble, dit Lucile, que c'est là pour nous un mauvais présage !

XXIII

UNE CAPTURE

Une heure se passa ainsi. Le vent secouait l'abri précaire avec une telle violence, que plusieurs fois les voyageurs durent craindre qu'il ne s'écroulât sur leurs têtes.

Par bonheur, ces ouragans d'hiver, si fréquents en Louisiane, ne sont point de longue durée. Bientôt la fureur de la tempête se calma, et Freedy sortit pour examiner les environs.

De l'autre côté, la maison dans laquelle ils s'étaient réfugiés avait vue sur une faible chute d'eau que la pluie avait démesurément grossie. Des arbres avaient été déracinés, et la route était devenue presque impraticable, surtout pour la voiture de M. Woodman, qui, très solidement construite, était par cela même un peu lourde.

On tint conseil. Il était presque évident que si on engageait la voiture dans les ornières, les ravins, que la tempête avait creusés, on se trouverait tout à coup arrêté par des obstacles insurmontables.

D'autre part, attendre était impossible. Les baraques de planches étaient inhabitées.

— Il faut prendre une résolution énergique, dit Charles. Nous ne pouvons rester ici et risquer d'être surpris par la nuit. Il nous reste encore quelques heures de jour, profitons-en sans hésiter... A quelle distance, Freedy, pensez-vous que se trouve Frenier qui est, si je ne me trompe, la station de chemin de fer la plus proche d'ici ?

Il faut dire qu'en raison de la situation de la plantation de M. Woodman, les voyageurs avaient dû suivre la rive du lac Pontchartrain, ce qui, s'ils n'avaient pas rencontré d'accident, devait leur permettre de parvenir à la Nouvelle-Orléans presque aussi rapidement que par le railway.

Mais actuellement le conseil de Charles était pratique.

— Il doit y avoir environ quatre lieues !...

— Et quels chemins ?

— Hum ! des routes peu fréquentées, et qui doivent avoir singulièrement souffert de la tourmente.

— N'importe. Les chevaux sont forts et agiles. Si Lucile y consent, j'en prendrai un, et elle montera en croupe derrière moi ; vous, Freedy, vous prendrez l'autre. Sambo restera ici, et s'occupera de renvoyer la voiture à la plantation... Qu'en dites-vous ?

— La chose est possible, dit Freedy. Je crois même que c'est le seul plan convenable.

« Et vous, mademoiselle Lucile, qu'en pensez-vous ?

— Pour moi, dit la jeune fille, je suis prête à vous suivre partout où vous irez...

Et, à vrai dire, cette affirmation était accentuée par un regard assez significatif et qui prouvait que Lucile était déjà fort obéissante aux conseils de Freedy.

— Eh bien ! en route, dit Valville.

Sambo, appelé, approuva lui-même la décision prise, bien qu'il regrettât de se séparer de ses maîtres. Mais il était certain de trouver un moyen de mettre la voiture en sûreté, et il regagnerait promptement la Nouvelle-Orléans.

On se hâta donc de dételer les chevaux. Freedy et Valville étaient des cavaliers de premier ordre, et se préoccupaient peu de l'absence de selles et d'étriers.

Pour Lucile, avec des manteaux, on disposa une sorte de fauteuil plus confortable. Elle n'était pas peureuse, et, se tenant à la ceinture de son frère, elle ne redoutait rien.

Et, ayant coupé de longues tiges d'arbres qui devaient remplir l'office de cravaches, les cavaliers se lancèrent au grand trot dans la direction de Frenier ; bien qu'ils fussent souvent obligés de ralentir leur marche, cependant les chevaux avaient le pied sûr, et ils purent en moins de deux heures franchir la distance.

Enfin, les voyageurs aperçurent le pont suspendu qui franchit une des anses du lac Pontchartrain ; la station était en vue, et un panache de fumée annonçait le passage d'un train.

Ils contournèrent la nappe d'eau et parvinrent à la gare. Cette fois, le hasard les servait à souhait, le train était

Leur plus grand plaisir est de regarder les passants et de fumer.

attendu dans quelques minutes. Il ne s'agissait plus que de trouver à qui confier les montures, ce qui fut bientôt terminé.

Et enfin, Lucile et ses deux compagnons eurent la joie de se sentir entraînés à toute vapeur sur la ligne de la Nouvelle-Orléans.

Nos lecteurs, habitués sans doute aux chemins de fer français, se feraient difficilement une idée du confortable que présentent ceux des États-Unis du Sud, de construction plus récente et, par conséquent, plus raffinée encore que ceux du Nord.

Nous emprunterons quelques lignes au célèbre voyageur, M. Simonin.

« Vous connaissez, dit-il, les wagons américains, larges, hauts, bien aérés, pouvant contenir chacun une cinquantaine de voyageurs. Les sièges sont disposés sur deux rangs, et une allée est établie au milieu. On va à volonté en avant ou en arrière ; car le siège peut basculer autour d'un pivot latéral. »

Quelle différence avec nos stalles de Procuste, où le voyageur est encaqué comme un malheureux hareng. Mais continuons.

Dans chaque compartiment est un bidon d'eau et un verre à boire, un lavabo, un poêle que l'on chauffe en hiver ; enfin, faut-il le dire? un *water-closet*.

Une corde qui règne sur toute l'étendue du train met chaque voyageur en relation avec le mécanicien de la locomotive.

Et, à ce sujet, souvenez-vous que sur une ligne française que nous ne nommerons pas, un voyageur en péril brisa le carreau qui cachait l'anneau de signal, tira violemment sur cet anneau et... n'obtint aucun résultat, attendu que ledit anneau ne communiquait avec rien.

On peut passer à volonté d'un compartiment dans un autre pendant que le train est en marche, et rester même en dehors, appuyé sur les balustrades pour contempler le paysage.

Chaque wagon est parcouru par un employé qui vend des journaux, des livres, des comestibles ; et de temps en temps, le conducteur du train vérifie les billets sans vous incommoder, car vous avez eu soin de fixer le vôtre au cordon de votre chapeau.

Il n'est permis que dans quelques compartiments de *fumer*; mais, hélas! car tout tableau à son ombre, on *chique* partout... Ceci est la faiblesse essentiellement américaine.

Mais, nous adressant aux fumeurs, nous leur demanderons si souvent ceux qui sont le plus *blindés* contre les effluves du tabac n'en arrivent pas à suffoquer dans nos étroits wagons de fumeurs. Douze cigares, ou douze pipes dans un espace de quelques mètres cubes!...

Les *dames* — pour lesquelles l'Américain professe le plus grand respect — ont des wagons réservés; mais leurs maris ou ceux qui les accompagnent ont le droit d'entrer avec elles. Ce ne sont en réalité que des wagons d'où le tabac est sévèrement proscrit. De plus, nul homme ne peut y entrer sans le consentement de la dame qui est avec lui, ce qui évite certains dangers faciles à comprendre. Il faut dire qu'en Amérique le *bachelor*, l'homme non marié, ne jouit que d'une très médiocre considération; et Simonin raconte à ce sujet que le ministre d'Angleterre, sir Frédéric Brun, qui n'avait point sacrifié au dieu Hymen, emmenait toujours avec lui sa cuisinière. Avec cette dame du moins, il passait partout et pouvait — n'étant pas fumeur — se mettre à l'abri des tabagistes américains.

Est-ce tout. Non. Les sièges, le soir, se transforment en couchettes par un procédé très ingénieux, et l'on dort aussi bien que dans une cabine de bateau à vapeur. Et on n'a pas à craindre le mal de mer. Les lits sont étagés; on n'a d'autre crainte que de recevoir sur la tête un voisin d'étage supérieur qui serait d'un trop beau poids.

Les *Palaces Cars* ou *State Rooms*, wagons palais, salons d'État, que l'on peut occuper seul, sont encore plus confortables et on s'y trouve comme chez soi.

Voici certes bien des facilités données aux voyageurs, et nous ne pouvons nous empêcher de formuler quelques rapides regrets de ce que, dans notre beau et cher pays, on n'ait pas encore songé à faire du voyageur autre chose qu'un colis...

Mais sachons nous borner. Pendant notre dissertation, le train a quitté Fernier, s'est arrêté à Kenner et finalement a fait son entrée à la Nouvelle-Orléans.

Nos trois voyageurs reposés ont pris une voiture et se sont fait conduire à la maison Blanchemont.

Cette fois du moins toutes les inquiétudes ont été vaines ; il semble que la fortune se soit un instant lassée de persécuter nos amis.

... Ils étaient donc réunis et s'entretenaient des terribles événements qui s'étaient produits, et surtout — par malheur ! — des sinistres pensées qu'éveillaient l'absence d'Eusèbe et la nouvelle disparition de Jeanne.

Vers dix heures du soir, un domestique s'approcha de Freedy et lui dit quelques mots bas à l'oreille. Il fit un geste de surprise et congédia vivement le laquais.

Cet incident n'avait pas été remarqué. Pauline et Marthe, les deux filles aînées de M. Blanchemont, s'efforçaient d'écarter les douloureux souvenirs dont souffraient Mme Longpré et Alice.

Freedy s'approcha doucement de Charles et se courbant vers lui :

— Il faut que nous sortions, lui dit-il.

Valville le regarda avec étonnement : mais, sur un geste de Freedy, il comprit que toute observation eût été imprudente. Son instinct lui disait qu'il s'agissait de travailler à la solution du problème, jusqu'ici resté à l'état d'énigme.

Il trouva un prétexte, salua sa fiancée, embrassa sa sœur. Un instant après les deux hommes se trouvaient dans Canal-Street, la grande rue qui, ainsi que nous l'avons déjà expliqué, sépare exactement en deux parties presque égales la ville de la Nouvelle-Orléans, laissant à droite la ville française, à gauche la cité américaine.

Là, Valville demanda à Freedy :

— De quoi s'agit-il ?

— Ned-Bark m'a fait appeler...

— Sait-il quelque chose ?...

— Je l'ignore. Mais il n'est pas homme à agir sans motif.

— Où est le rendez-vous ?

— Au pied de la statue d'Henry Clay.

— Allons !

En quelques minutes, les deux amis furent arrivés au point désigné.

Là, devant le piédestal, un homme était debout, appuyé; mais en vérité, Freedy et Valville hésitèrent à croire que ce fût là celui qu'ils pensaient rencontrer. Ned était petit et trapu, celui-là paraissait grand et fort. Et pourtant c'était bien le même homme : seulement le détective avait su modifier sa taille, ses allures générales de façon à tromper l'œil le plus exercé.

Dès qu'ils l'eurent rejoint, Ned-Bark leur adressa un signe et se mit à marcher, s'engageant dans le quartier américain, d'abord à travers les rues commerciales dont les magasins étaient fermés, puis, peu à peu, sans s'être encore adressé un seul mot, Freedy et Valville suivant le détective, ils gagnèrent un dédale de ruelles étroites, à peine éclairées de loin en loin par le gaz jaunâtre.

Ils arrivèrent ainsi à un carrefour pareil aux Seven Dials de Londres, aux Five Points de New-York, à l'ancienne place Maubert de Paris. Celui-ci s'appelait Muddy Cross — la croix de boue — dénomination étrange, mais qui caractérisait à merveille cette place fangeuse, d'où partaient plusieurs voies, si étroites et si noires, que jamais coupe-gorge n'eut aspect plus effrayant.

Parvenu là, Ned-Bark s'arrêta, et les deux amis le rejoignirent.

— Sommes-nous arrivés? demanda Freedy.

— A peu près.

— Que venons-nous faire dans ces quartiers infâmes?...

— Poursuivre notre mission; mais cette fois, je suis sûr d'obtenir un résultat sérieux... Voyons, ajouta Ned-Bark, je ne vous fais pas l'injure de vous demander si vous êtes prêts à affronter le péril, quel qu'il soit...

— Certes! Vous savez que vous pouvez compter sur nous...

— Etes-vous armés?...

Chacun des deux hommes était porteur d'un revolver.

— C'est bien. Seulement, reprit le détective, il faut en retirer les cartouches. Pour ce que nous avons à faire, il est important que nous n'attirions pas l'attention des bandits qui hantent ce quartier... Un coup de feu compromettrait le succès de notre expédition, en nous exposant à telles attaques auxquelles nous ne pourrions pas résister.

Nos revolvers sont à baguette, dit Freedy. Il suffit de

ne pas les armer, et aucune imprudence ne serait à craindre.

— Soit. Mais surtout, à moins que nous ne nous trouvions réellement en danger de mort, ne tirons pas...

— C'est entendu. Maintenant qu'avons-nous à faire?

— Vous allez pénétrer avec moi dans une de ces cavernes sordides qu'on appelle une maison de jeu, repaire du vol et de l'ivrognerie... Le point le plus important, c'est que nul ne puisse deviner qui nous sommes. Vous, MM. Valville et Freedy, vous n'êtes point connus, il vous suffira de mettre quelque désordre dans vos vêtements pour paraître au niveau des *gamblers* et des *scalawags* auxquels nous allons nous mêler... C'est vous dire quelles allures vous devez vous donner...

— Bien ! fit Valville. Nous ferons de notre mieux.

— Quant à moi, j'ai employé de vieux moyens qui reussissent toujours, et je suis sûr de n'être point reconnu... Dès que nous serons entrés, j'irai me mettre auprès d'une table; vous, vous vous approcherez, et vous feindrez de vous intéresser grandement au jeu... Sur un signe de moi, vous vous y mêlerez. Seulement n'oubliez pas ce simple détail. Dès que vous commencerez à risquer quelques *green-backs* portez ostensiblement votre revolver à côté de vous... cela se fait ainsi dans ce monde de confiance mutuelle.

— Et ensuite?...

— Ne vous préoccupez de rien. Je suis là, et je vous indiquerai, selon les circonstances ce que nous devons faire...

— Allons! dirent les deux amis.

— Un dernier mot, dit encore Ned-Bark. Ainsi que vous le savez, je me défie beaucoup trop de la police métropolitaine pour la mêler à nos affaires... c'est ce qui vous explique pourquoi j'ai recours à vous. Du reste, si ces misérables pouvaient deviner ma qualité, soyez certains que ni vous ni moi ne sortirions vivants de cet antre...

Ils étaient entrés dans l'une des ruelles qui partaient du *Muddy Cross*. C'étaient de vieilles maisons qui semblaient à peine tenir sur leurs fondations, titubantes comme les jambes d'un homme ivre. Au rez-de-chaussée, à travers des carreaux dont la malpropreté était doublée par le reflet rougeâtre de rideaux infects, on apercevait, à la lueur du gaz des ombres qui gesticulaient, on entendait des voix rauques et glapissantes.

Parfois, une des portes s'ouvrait : des hommes sortaient, se heurtant, blasphémant, se querellant; ils se bousculaient, ils disparaissaient dans la nuit, où parfois le groupe s'abattait dans une formidable batterie, avec grincements et jurons.

Ned s'arrêta enfin devant une de ces maisons. Celle-là, sombre, semblait inhabitée. Une porte de bois, garnie de ferrures, semblait en barricader l'entrée.

Le détective souleva un marteau et frappa plusieurs coups, espacés de façon spéciale. Il y eut un long instant de silence. Puis une voix, surgissant de l'intérieur, prononça quelques mots dans cette langue particulière qui s'appelle le *slang*, l'argot américain. Ned répondit. Il y eut un bruit de chaînettes de fer, puis la porte s'entrebâilla. Ned et ses deux compagnons se trouvèrent dans un couloir fétide au bout duquel une mèche trempant dans l'huile jetait une lueur vague.

L'homme qui avait ouvert échangea encore quelques mots avec Ned-Bark. Les voleurs ne sont pas chiches de précautions, et il est toujours plus difficile d'entrer chez eux que chez les honnêtes gens.

Enfin, il parut que les explications données par le détective étaient satisfaisantes; l'homme le précéda et un instant après, ayant ouvert une seconde porte, s'effaça pour laisser entrer les trois amis.

En vérité, jamais l'imagination des romanciers n'aurait pu imaginer bouge plus épouvantable que celui dans lequel s'introduisaient nos trois amis. Tout d'abord la fumée des pipes et des cigares était telle qu'il était impossible de rien distinguer. Un instant, Valville se sentit presque suffoquer.

Au fond de la pièce, un vaste comptoir d'étain, surs chargé de bouteilles, de pots de toutes formes, était encombré de personnages debout qui parlaient tous en même temps. Le whisky, le gin, le brandy coulaient à flots. C'était un va-et-vient de bras allant de la table aux lèvres. Derrière ce comptoir, un homme énorme, à cheveux roux, sorte de colosse, remplissait avec flegme sefonctions d'échanson, faisant raison à tous ceux qui lui offraient de boire sa marchandise.

Dans le reste de la pièce, de longues tables, garnies de bancs, et si peuplées qu'elles disparaissaient sous le flot humain.

Là on entendait le bruit des dés, roulant et rebondissant, puis les exclamations des joueurs, imprécations des perdants ou cris joyeux des gagnants. Comme l'avait dit Ned-Bark, chaque place était marquée par un revolver. Et on comprenait, qu'en cas de discussion, la poudre se mettait facilement de la partie.

Ned-Bark avait quelque peine à se frayer un chemin à travers les groupes pressés. Cependant Valville et Freedy ne le quittaient pas, attentifs à ses moindres mouvements et prêts à obéir au premier signe.

Le détective s'avançait lentement, habituant son œil unique à percer le brouillard. Enfin un rapide tressaillement agita les muscles de son visage. Et délibérément, il marcha vers une des tables, écarta du coude deux des joueurs et s'assit, jetant sur le tableau du crabs une poignée de green-backs. Le *crabs* est, on le sait, un jeu de dés d'origine anglaise, plus connu en France sous le *nom de creps, mais complètement abandonné.* Il est d'ailleurs assez compliqué, et nécessite de la part du banquier, à cause de ces complications, une surveillance de tous les instants.

Le banquier qui taillait à la table choisie par Ned, était un homme de haute taille, d'une maigreur effroyable, dont le visage était affreusement couturé, peut-être par la petite vérole, peut-être par le feu.

Au mouvement du détective, il avait levé les yeux sur lui et l'avait considéré pendant quelques secondes, cherchant sans doute à deviner quel était ce nouvel arrivant.

Mais sans doute son examen ne lui révéla rien d'inquiétant, car il se mit à jeter les dés en criant le mot sacramentel du *crabs :*

— Chance !

Freedy et Valville avaient éprouvé un moment d'inquiétude. Si bien grimé que fût Ned-Bark, cependant il était à craindre que ces bandits le reconnussent. Mais ils furent bientôt rassurés. Le jeu s'engageait.

Trois coups furent joués. Ned perdit.

Alors il se pencha vers le banquier et lui dit quelques mots à voix basse, en lui désignant de l'œil Freedy et Valville. Celui-ci parut surpris, puis se mit à sourire, et disant à son tour quelques paroles à ses voisins, on s'écarta pour leur faire place, tandis que Ned les invitait du regard à venir s'installer à la table.

Les deux amis obéissaient sans comprendre. Leur confiance en Ned-Dark était absolue.

Donc ils s'assirent :

— Vous avez de l'argent? demanda le banquier.

— Quelque peu ! répondit Freedy.

— Eh bien ! nous allons finir gaiement la nuit...

— Et pour animer la bataille, ajouta Ned avec un clignement d'yeux à l'adresse du banquier, je paye à boire...

— Bravo ! de l'*Old Tom* ! ! (gin de première qualité) et du meilleur !

Le gros tavernier apporta une lourde fiole et les verres se remplirent. Ned versa largement rasades sur rasades, portant chaque fois la santé du banquier, qui ne s'interrompait du jeu que pour boire. Ned lui tenait tête, et avec tant de courage que Freedy et Valville pouvaient se dispenser d'absorber la terrible liqueur.

La partie devint bientôt fort animée.

Freedy et Valville n'avaient pas manqué de placer leur arme à côté d'eux : elle servait de presse-papier à des liasses de billets de banque.

Le banquier, les yeux brillants, lançait rondement les dés.

Inutile de dire que Valville et Freedy perdaient largement. Déjà plus de cent dollars étaient allés grossir le trésor du banquier qui riait, buvait, s'enivrant à la fois de gin et de plaisir avide.

L'heure passait.

Quelques alternatives de chances prolongeaient le jeu. Mais toujours la fortune revenait au banquier. De nouvelles bouteilles de gin avaient circulé. Le banquier était effroyablement ivre.

Quant à Ned, bien qu'il eût bu autant que lui, il était aussi calme que si son verre n'eût jamais contenu que de l'eau.

Quatre heures sonnèrent. C'était le signal du départ, d'après la règle de la maison, à laquelle on se soumettait en rechignant un peu, mais en réalité d'assez bonne grâce

Ned s'était levé et avait passé son bras sous celui du banquier :

— Ils ont de l'or? lui dit-il à mi-voix, mais de façon que les deux amis entendissent...

Obéissant à ce conseil indirect, Valville plongea sa main dans sa poche, et à travers ses doigts, le banquier vit briller des aigles d'or...

— Eh bien !... la maison de la vieille Sammy est encore ouverte, dit le banquier. Et si ces messieurs veulent?...

— Comment donc! fit Freedy, nous avons une rude revanche à prendre...

Ils sortaient maintenant du bouge.

Un instant après, ils se trouvaient dans la ruelle, Ned tenant toujours le banquier par le bras. Ils étaient seuls, ayant agi assez lentement pour que les autres se dispersassent...

Alors, comme ils arrivaient sous un bec de gaz, Ned tira de sa poche son revolver, et le plaçant sous le nez de son prisonnier :

— Phil Stamster! lui dit-il d'une voix ferme, toute résistance est inutile. Tu vas nous suivre !...

Peut-être n'a-t-on pas oublié que ce Phil Stamster — un des mendiants des docks de la Nouvelle-Orléans — était un des complices de Red Ralph. A ce nom, Freedy et Valville avaient compris. Et comme Phil, d'un effort violent cherchait à se dégager de l'étreinte du détective, les revolvers des deux amis lui firent comprendre qu'il n'avait qu'à se soumettre.

— Je vous suis ! dit-il d'une voix rauque. Mais où me conduisez-vous?...

— A quelques pas d'ici, répondit Ned. Du reste, n'aie aucune crainte, nous n'en voulons pas à ta vie...

Le bandit eut un mouvement d'épaules et se mit à marcher, toujours tenu au poignet par Ned-Bark.

XXIV

OU LE BUT SE RAPPROCHE

Le jour se levait blafard. Phil Stamster, voyant en quelles mains il était tombé, ne faisait aucune résistance et suivait docilement les trois compagnons. Ils étaient redescendus vers la levée, suivant la longue rue Tchapitoulas, qui a conservé son nom indien et se dirigeant vers le quartier qui porte le nom de cité Lafayette.

Ils se trouvèrent enfin sur le bord du Mississipi.

Déjà le fleuve s'animait. Les hauts bateaux à vapeur montaient et descendaient. Les voyageurs se dirigeaient vers le railway qui longe la berge et que nulle barrière ne protège.

Finalement ils arrivèrent au pied d'une colline; là s'élevaient des espèces de huttes de bois, bâties sur pilotis en vue des inondations, C'était vers une de ces masures que se dirigeait Ned-Bark. Arrivé devant l'une d'elles, il tira une clef de sa poche, ouvrit une porte d'apparence vermoulue, mais qui en réalité était faite d'un panneau des plus solides et garnie de ferrures à l'intérieur.

Les quatre hommes étant entrés, la porte se referma.

Ils se trouvaient maintenant dans une pièce assez vaste, garnie de meubles.

— Assieds-toi, dit Ned-Bark à Stamster.

Celui-ci semblait avoir pris d'avance son parti de tout ce qui pouvait lui arriver. Ayant reconnu Ned-Bark, il se savait entre les griffes d'un homme qui ne lâchait pas facilement ceux qui étaient tombés en son pouvoir. Donc il obéit.

Ned-Bark alla à une armoire, l'ouvrit et découvrit aux yeux assez surpris de Phil et des deux autres, des provisions de bouche en quantité respectable. Que signifiait tout cela?

— Mon cher Phil, dit alors Ned-Bark, je tiens avant tout à te prouver que je n'ai à ton égard nulle mauvaise intention. Si je t'ai amené ici, c'est que je veux te proposer un marché...

Phil Stamster était de ces fatalistes qui sont prêts à tout.

— Un marché, soit, dit-il. Quel est l'enjeu?

— Ta liberté et ta vie! répliqua nettement le détective.

— Bien, parle, j'écoute.

— Tu sais, Phil, que tu as été condamné à mort comme incendiaire des docks...

— Je le sais.

— Tu sais encore que, grâce à tes camarades et aussi

à la complicité de certains traîtres de la police métropolitaine, tu as jusqu'ici échappé à la potence...

— C'est exact...

— Tu sais enfin que, moi, Ned-Bark, je m'inquiète fort peu des questions de parti, et que, bien que tu aies commis ton crime par ordre de tes chefs politiques, je ne t'en considère pas moins comme un bandit dont il serait fort utile de purger notre beau pays...

— Après?

— Il était bon de poser nettement la situation; et je continue. Je t'ai arrêté sans mandat régulier. Je dirai plus sans droit réel, car j'avais à me munir d'un warrant officiel, ce que je n'ai pas fait. Donc en ce moment tu n'es pas régulièrement au pouvoir de la justice, et il dépend de moi de faire le nécessaire ou de m'abstenir...

— Tout cela est absolument vrai. Conclus.

— Je ne te prends pas au dépourvu... et je veux te laisser le temps de la réflexion... je vais t'adresser plusieurs questions; si tu y réponds, je te rends la liberté, me réservant de te repincer à loisir une autre fois...

Phil Stamster eut un sourire :

— Oh! si je sors d'ici, je te défie bien... commença-t-il.

— Ceci est notre affaire à tous deux. Tu es le gibier, je suis le chasseur. Nous avons chacun nos ruses et nos moyens d'action. Maintenant venons à la seconde hypothèse... si tu ne réponds pas...

— Eh bien?

— Eh bien! je t'enferme ici... regarde bien cette bicoque, mon bon Stamster. Tu pourrais t'imaginer, à son apparence délabrée, que tu n'as qu'à souffler sur ces murs de bois pour qu'ils te livrent passage... je veux bien te renseigner. C'est une erreur profonde. Tu useras contre ces murs, pendant des semaines, tes poings, tes ongles et tes dents sans avoir avancé d'un pouce vers la liberté... Du reste tu le vois, je te donne toute facilité d'entretenir tes forces... tu resteras ici, comme un coq en pâte, ayant tout à discrétion... mais tu ne sortiras pas, ou plutôt tu en sortiras, soit pour me renseigner sur ce que je veux savoir, soit pour aller méditer à la prison sur les inconvénients de l'entêtement...

— C'est une séquestration...

— Mon Dieu! oui... mais des plus douces, puisque tu

ne manqueras de rien. Maintenant que tu as bien compris, interroge-toi, et sache si tu es oui ou non disposé à m'obéir...

Phil Stamster regardait autour de lui. La pièce était hermétiquement close, n'étant éclairée que par le haut, et encore l'ouverture était-elle placée de telle sorte qu'il était impossible d'y atteindre. Il connaissait Ned-Bark et savait que jamais il n'avait menacé en vain.

— Du moins, dit-il, dois-je savoir ce que tu me veux...

— C'est trop juste. Et je m'explique. Tu n'as pas oublié le crime de Battle-Field, l'incendie de la plantation et le meurtre de M. Valville...

Phil se mordit les lèvres.

— Je ne sais ce que tu veux dire...

— A ton aise. A ma première question, tu refuses de répondre... bien le bonsoir! venez, messieurs, ajouta Ned en se levant.

Valville et Freedy l'imitèrent.

— Un instant, que diable! fit Stamster, qui en somme se voyant pris aimait mieux conserver encore une chance d'évasion. J'ai en effet conservé un vague souvenir de cette affaire, comme tout le monde...

— Pardon! pas comme tout le monde... car il y a là pour toi des souvenirs personnels. Tu y étais?

— Moi!

— Toi-même, avec Red Ralph, avec le Pied-Sanglant, avec.....

— Ah! les gueux m'ont dénoncé!... s'écria Phil avec un accent de rage.

— Eux ou d'autres... toujours est-il que je suis bien informé, n'est-il pas vrai?

— Eh bien! oui, j'en étais... mais je n'ai ni tué ni incendié...

— Je veux bien l'admettre... Seulement tu es resté à la solde de l'assassin et de l'incendiaire... et tu l'as aidé à enlever une jeune fille...

— Elle l'a suivi volontairement, articula le bandit.

— Tu en as menti! s'écria Valville impuissant à commander à sa colère.

— Vous, je n'ai pas à vous répondre, fit Phil en haussant les épaules.

— Cependant, dit Ned doucement, en imposant silence

d'un geste à Valville, je t'avertis que monsieur est le fils de l'homme assassiné et le frère de la jeune fille enlevée...

Stamster tressaillit et malgré lui se sentit pâlir. La situation était plus grave qu'il ne se l'était tout d'abord imaginé.

— Tu as donc compris, reprit le détective toujours calme, que ce n'est pas par un vain esprit de curiosité que je t'interroge. Nous savons que tu n'es pas en cette affaire le véritable coupable. Tu as assez de droits à la potence pour qu'on ne t'en attribue pas de superflus. Mais, pour que la balance de ton compte soit exacte, il faut que nous sachions les éléments de l'opération... le vrai criminel, c'est Red Ralph. Dis-nous où il est, et tu es libre...

Stamster se leva à son tour, brusquement :

— Moi, trahir ! jamais !

— Ah bah ! voilà bien de la délicatesse... tu es un voleur, un incendiaire et un assassin ; mais tu as des scrupules. A ton aise... ce que tu ne veux pas nous dire, tu le diras au coroner qui, moins indulgent que nous, se souviendra de l'incendie des docks et en vertu du jugement rendu, t'enverra bel et bien faire un tour sur la place des exécutions...

— D'abord je ne sais pas où est Red Ralph ?

— Tu mens...

— Hein !

— Je te dis et te répète que tu mens... car Red Ralph t'a fait connaître son prochain retour en Louisiane.

— Cela n'est pas vrai.

— Pourquoi mentir, mon bon ami ! fit Ned en souriant. Voici de sa propre main un billet qui te condamne...

Disant cela, Ned avait tiré de sa poche une sorte de portefeuille graisseux.

— Mon carnet ! s'écria Phil tâtant précipitamment ses vêtements.

— Mon Dieu ! oui, ton carnet que j'ai paisiblement cueilli dans ta poche pendant que je te conduisais ici, et où j'ai trouvé ceci, c'est-à-dire une simple note écrite dans votre langage de voleurs, mais que j'ai traduit couramment.

Et Ned-Bark lut à haute voix :

« Nous avons échappé aux poursuites. Prépare la maison que tu sais. Prudence. »

— Il est vrai, ajouta-t-il, qu'il n'y a point de date ni d'indication de localité. Mais toi, tu dois savoir d'où ce billet t'a été adressé...

Phil Stamster se taisait.

— En tout cas, continua Ned, il est question d'une maison qui t'es connue... Dis-moi où elle se trouve... et tu es libre...

— Sinon!

— Sinon tu ne sortiras d'ici que pour aller en prison... je te l'ai déjà dit, et je n'ai jamais manqué à ma parole.

Évidemment la perplexité de Phil Stamster était grande. Il existe entre ces bandits des pactes qu'ils tiennent à honneur de respecter. Cependant le péril était imminent. Depuis deux ans déjà, Phil avait échappé à toutes les recherches : il est vrai que, comme l'avait deviné Ned, les policiers, liés avec le parti des *Carpet-baggers* lui avaient assuré cette immunité.

Mais qu'il tombât aux mains de la justice régulière, et il était perdu.

Freedy suivait sur le visage du bandit les péripéties du combat qui se livrait en lui : en même temps, il constatait que l'agitation de Valville augmentait à chaque instant. Le jeune homme tenait sa main dans sa poche et nul doute qu'il ne caressât la crosse de son revolver, prêt peut-être à faire justice :

— Je n'ai pas encore parlé, dit tout à coup Freedy. J'estime que les moyens de conciliation sont les meilleurs. Que Phil Stamster parle, et je lui compte, séance tenante, mille dollars...

Ned ne put réprimer un haussement d'épaules. Cela lui semblait de la prodigalité inutile, puisqu'il était certain, par menaces, d'amener le bandit à avouer.

— Mais la physionomie de Phil s'était tout à coup éclairée :

— Mille dollars! fit-il en regardant curieusement Freedy.

— Et les voici, ce qui vous prouve que ce n'est pas une promesse vaine...

Phil vit les *green-backs* froissés par les doigts de Freedy. Ceci devenait plus sérieux.

— Et si je parle, dit-il, c'est bien vrai? vous payerez?

— Je payerai... et sur-le-champ...

— Et j'ajouterai mille autres dollars, s'écria Charles venant à la rescousse.

Oh! alors! il n'y avait plus ni pacte, ni délicatesse, ni considération quelconque qui pût enchaîner la langue de Phil. Deux mille dollars et la liberté! Cette fois il était bien certain de ne pas se faire reprendre... il irait dans le Nord, au Canada, mènerait joyeuse vie... et il se soucierait bien des rancunes de Red Ralph.

— Eh bien! demanda Freddy, êtes-vous décidé?...

- Ma foi! oui!... vous saurez tout...

— Un instant, fit Ned-Bark dont l'esprit positif était toujours en éveil. J'ai ma délicatesse, moi aussi, et je ne veux pas que Phil puisse m'accuser de l'avoir pris en traître...

— Puisque ce n'est pas avec toi que je traite, commença insolemment le bandit.

— Pardon! c'est moi qui ai engagé les pourparlers... j'ai donc l'honneur d'avertir M. l'incendiaire que, alors même qu'il aura livré le secret qu'on réclame de lui, alors même qu'il aura reçu les deux mille dollars dont il a été parlé, il ne sortira pas d'ici...

— Hein?

— Il ne sortira pas d'ici, insista Ned-Bark, avant quatre jours au moins...

— Et pourquoi?

— Parce que, cher monsieur, votre premier soin serait de faire savoir à Red Ralph que nous sommes sur ses traces... que les dollars seraient perdus et que nous aurions été assez niais pour nous laisser jouer comme des enfants...

— Alors je me tairai, déclara Phil.

— Ned, dit Valville, il faut nous laisser agir...

— Pas le moins du monde. D'ailleurs, l'ami Phil va facilement entendre raison... quatre jours durant, il restera ici, hébergé, nourri, logé, il y a dans cette armoire des vivres à profusion, de l'eau-de-vie...

— De l'eau de vie! s'écria Stamster.

— Ah! *old-boy!* fit Ned en riant... Tu vois que je n'ai rien oublié de ce qui pouvait te rendre la vie agréable... oui de l'eau de vie et du whiskey... et du tabac... du feu... tout enfin... Donc Phil, accepte une bonne fois nos conditions... deux mille dollars, quatre jours de captivité...

Alice... ma bien aimée, nous devons nous séparer.

après quoi tu iras te faire pendre... où tu voudras! et comme tu pourras!...

Ned avait raison. Il était impossible de ne pas se rendre à l'évidence.

Seulement, comme Phil se défiait, il fallut : *primo* — que Freedy et Valville donnassent leur parole que l'engagement pris par Ned serait strictement exécuté et que, le matin du cinquième jour, Stamster serait libre; — *secundo* — que les deux mille dollars lui fussent comptés séance tenante.

L'accord étant ainsi ratifié, Phil parla.

Pendant que l'expédition de nos amis gravissait une des pentes de Roc-Diable, Red Ralph et ses complices s'enfuyaient par des souterrains connus d'eux et atteignaient, à plusieurs milles de là, un point de la côte à l'abri de toute surprise. Phil supposait que c'était de cet endroit que Red Ralph lui avait expédié le message reçu. Du reste Phil affirmait n'avoir vu personne. Le billet lui avait été glissé dans la foule, sans doute par quelque *scalawag* complice de Ralph le Rouge.

Il ignorait absolument quelle direction devait prendre Ralph pour revenir en Louisiane. Seulement, la mission dont il était parlé dans le message consistait en ceci :

Red Ralph possédait, dans un bois, auprès du village de Woodville, entre Bayou-Sara et Natchez, une maison qui déjà avait servi plusieurs fois de refuge aux bandits après leurs expéditions aventureuses. C'était là que Phil Stamster devait aller attendre son complice. S'il n'était pas parti dès la veille, c'est qu'il se trouvait sans ressources pour le voyage, et c'était pour s'en procurer qu'il s'était rendu dans l'*Enfer* où Ned Bark l'avait surpris. Le détective le filait depuis plusieurs heures et n'avait pas eu de peine à suivre sa piste.

Il ne pouvait rien dire de plus :

— Et maintenant, dit-il, donnez les dollars et laissez-moi tranquille... Ah! un mot encore et c'est à Ned Bark que je l'adresse... Je le crois assez homme d'honneur (ces mots étaient étranges dans la bouche d'un pareil brigand) pour ne pas me dénoncer à Red Ralph. Car, ajouta-t-il avec un certain frisson, s'il pouvait savoir que je l'ai trahi, je serais un homme mort.

Soyez tranquille, dit Valville. Vous avez notre engagement...

Le résultat de l'expédition était précieux. Grace aux indications recueillies, on était enfin certain de surprendre Red Ralph et de lui arracher sa victime...

— Monsieur, dit Valville à l'incendiaire, vous avez commis bien des crimes : mais le service que vous rendez aujourd'hui à d'honnêtes gens rachètera en partie votre vie passée...

Phil haussa les épaules. Il se souciait bien de cela! il avait de l'eau-de-vie, des dollars. Le reste lui importait peu.

Cependant Ned s'assurait une dernière fois que toute issue était fermée et que l'évasion était impossible : il mettait à la portée de Phil tout ce qui pouvait adoucir pour lui l'ennui de la solitude et de la captivité. Puis il lui adressa un :

— Au revoir! dans quatre jours!

Et les trois hommes sortirent. Le lourd panneau de la porte extérieure retomba.

— Maintenant, à la Nouvelle-Orléans! dit Ned. Je crois que nous n'avons pas trop mal travaillé. Et il faudra en vérité que Red Ralph soit le diable en personne pour nous échapper. Allons rassurer ceux qui vous attendent, et que votre absence prolongée doit vivement inquiéter... et puis en route pour Woodville!...

— Avez-vous remarqué, dit Freedy, que voilà maintenant le billet dont nous avons trouvé les fragments dans la retraite de la pauvre Jeanne?... n'avait-elle pas entendu prononcer un mot qui commençait par la syllabe Wood?...

— En effet, dit Valville. Enfin, j'ai donc quelque espoir! pauvre sœur! comme elle aura souffert et que de bonheur nous lui devrons pour lui faire oublier ses misères...

Les trois hommes avaient rapidement gagné la Nouvelle-Orléans.

Là une voiture les avait conduits à la maison Blanchemont.

Quand Lucile, qui était penchée sur la fenêtre, aperçut son frère et... Freedy, elle porta vivement la main à son cœur et devint si pâle qu'on aurait cru qu'elle allait mourir.

Non, on ne meurt pas de joie. Elle avait passé la nuit dans d'épouvantables angoisses, pensant à son frère, mais aussi — car il faut tout avouer — pensant à celui que son cœur avait choisi... et qu'elle craignait de ne plus revoir. Mme Longpré ne l'avait pas quittée... et avait reçu ses confidences. Aussi eut-elle un petit sourire — plein de malice — quand, tendant la main à son frère — et ne regardant Freedy qu'à peine, la jeune fille dit :

— Que c'est mal à toi, Charles, de nous avoir si fort inquiétés !

Ned Bark fut invité au repas de famille. Certes il s'en défendit vivement. Ceci est un usage essentiellement français. Quiconque nous rend service devient peu à peu un ami. Mais Ned Bark avait peine à admettre cela. Il était un employé à gages. S'il rendait quelque service, il ne faisait que gagner son argent. Et pourtant — tout Américain qu'il était — s'il se fût sérieusement et soigneusement interrogé, il eût compris que lui aussi — le détective — commençait à aimer ceux qu'il s'obstinait à ne considérer que comme des patrons payants : et il mettait maintenant à cette affaire plus de cœur et de passion que n'en comporte la seule exécution d'un marché !

Il fut décidé que l'on partirait pour Woodville le soir même. C'était une expédition qui pouvait présenter des dangers.

On allait se trouver en face des bandits, et ce serait un véritable siège pour s'emparer de la maison de Woodville.

Mais Ned promit le concours de deux hommes dont il répondait. Valville, Freedy et Sambo étaient prêts, ce qui constituait une troupe de six hommes déterminés, bien armés, et surtout — comme disait M. Blanchemont — véritablement forts parce qu'ils soutenaient une bonne cause.

Cependant, M. Blanchemont avait hasardé une objection.

— Pourquoi ne pas s'adresser à la police régulière ? pourquoi ne pas requérir l'aide de la milice ?...

Ned avait eu un mouvement d'impatience :

— Parce que pour la centième fois je répéterai que dans les derniers troubles, la police *régulière*, comme vous dites, a eu l'irrégularité de se trouver en relation avec tous ces brigands... et que nous aurions à craindre des trahisons...

On s'en tint donc au premier plan.

Comment se rendrait-on à Bayou-Sara? Il n'y a pas de ligne de chemin de fer qui desserve régulièrement les bords du Mississipi. La ligne qui part de New-Orléans se dirige à l'ouest de Vermillion et Opelousas, et ce n'est qu'à cette station que se trouve un embranchement allant à Bâton-Rouge. De cette dernière ville, il faut reprendre la voie d'eau jusqu'à Bayou-Sara, où se trouve encore une courte ligne de railway atteignant Woodville. C'était là un trajet bien compliqué et bien long. D'autre part, les steamers qui font le service du Mississipi s'arrêtent à un grand nombre de stations, pour prendre des voyageurs ou des marchandises.

— Le mieux, dit Freedy, c'est de nous entendre avec le capitaine d'un petit steamer, qui sera à nos ordres et franchira la distance...

Avec de l'argent, on peut tout obtenir et les amis étaient riches.

Au coucher du soleil ils s'embarquaient sur un navire léger, à quille plate et, au signal de la cloche, la machine se mettait en marche, tandis que sur la rive Alice et Lucile agitaient leurs mouchoirs, saluant, le cœur bien gros, ceux qui allaient encore une fois risquer leur vie.

La femme de fer elle-même avait des larmes dans les yeux.

Ned Bark avait tenu parole. Deux Géorgiens, de stature colossale, embauchés par lui, étaient prêts à agir vigoureusement.

La petite troupe se sentait pleine de confiance :

— Enfin, nous touchons au but ! disait Valville. Ah ! il me tarde de me trouver en face de Red Ralph et de faire payer toutes mes angoisses à ce misérable !

Cependant le steamer, jetant dans l'air son panache de fumée, glissait sur les eaux du père des fleuves.

A vrai dire, quand le voyageur se trouve pour la première fois en face du Mississipi, il éprouve quelque désillusion. Mais bientôt un sentiment contraire grandit peu à peu dans l'âme et l'admiration augmente à chaque instant. A mesure qu'on le connaît mieux, à mesure qu'on visite les pays qu'il traverse, on se sent envahi par une impression grandiose.

Découvert en 1672, sa véritable source ne fut pas complètement connue avant l'exploration de Schoolcraft qui, en 1832, constata qu'il prenait naissance dans un petit lac, appelé par les Français, lac La Biche — mais se nommant en réalité Itasca; c'est, selon l'expression américaine, une belle feuille d'eau, de forme irrégulière, de huit milles de longueur, située au milieu de collines couvertes de forêts, et alimentée par des sources. Ses eaux se précipitent en cascade et le Mississipi est né. Il est élevé d'environ quinze cents pieds au-dessus de l'Océan et à une distance de trois mille milles du golfe de Mexico.

La rivière arrose une étendue de territoire qui, pour sa grandeur et sa fertilité, n'a pas d'égale au monde. Ce territoire, qu'on nomme la vallée do Mississipi, s'étend au sud jusqu'au golfe de Mexico, à l'est aux monts Alleghanis, à l'ouest aux Montagnes-Rocheuses. La ligne de son cours est de plus de six mille milles.

Le Mississipi est navigable aux steamers, mais avec une interruption partielle, aux chutes de Saint-Anthony, à la distance de deux mille trente-sept milles de sa source. Son cours est extrêmement tortueux, et fréquemment des détours de vingt ou trente milles sont nécessaires pour ne franchir en ligne droite qu'une distance de deux heures. D'autres fois, au contraire, la distance se trouve tout à coup raccourcie par ce qu'on appelle des « Cut-offs », formés par l'ouverture d'un étroit canal qui coupe le terrain, et ces cours d'eau ont un courant si violent, qu'ils entraînent les terres et forment rapidement un passage suffisant pour les steamboats. Ce qui rend la navigation dangereuse, ce sont les énormes blocs de terre, plantés d'arbres, qui sont arrachés au rivage par la puissance des eaux et qui, soutenus en îlots mouvants, forment des obstacles quelquefois insurmontables.

Ou bien encore ce sont les bancs de boue dont le sommet s'élève au-dessus du niveau et qui, malheureusement, ont occasionné plus d'un naufrage. On les appelle, dans la phraséologie spéciale « snags » ou « sawyers ». Ces blocs sont le plus souvent de forme ronde, comme si leurs contours avaient été tracés par la pointe d'un compas.

En partant de la Nouvelle-Orléans, la première station

de quelque importance est *Plaquemine*, dans la paroisse d'Iberville. Elle est située auprès de l'embouchure du Bayou de Plaquemine, à vingt-trois milles sud de Bâton-Rouge. Avant la guerre, d'énormes quantités de coton étaient transportées de ce point à la Nouvelle-Orléans.

Après Plaquemine, c'est *Bâton-Rouge*, l'ancienne capitale de la Louisiane. C'est une des plus riches places de la contrée. Elle contient un collège, un arsenal et des casernes.

Voici d'où viendrait ce nom de Bâton-Rouge.

Lorsque ce point fut habité pour la première fois, il y avait à l'endroit même où furent construites les huttes, un cyprès — à l'écorce rouge — d'une grandeur énorme et d'une immense hauteur, dénudé de branches. Un des colons remarqua que cet arbre ferait une canne superbe. Et c'est de cette très simple plaisanterie que serait venu le nom de la ville. Après tout, c'est possible.

On passe ensuite devant Port-Hudson, qui fut attaqué en 1863 par le général Banks, et se rendit aux Etats-Unis, en juillet, après la nouvelle de la chute de Vicksburg.

Nos amis s'arrêtaient, on le sait, à Bayou-Sara.

Là le chemin de fer les emporta vers Woodville.

Et dès le lendemain matin, ils s'engageaient dans les bois où, sur les indications de Phil Stamster, ils devaient trouver la maison désignée par Red Ralph.

XXV

CHATIMENT

Woodville, petit pays industriel, a conquis — paraît-il — le droit à l'inscription sur la carte, mais non point à une mention dans le guide Appleton. Et pourtant ce n'est ni un hameau ni un village, mais bel et bien un centre usinier, où des centaines d'ouvriers, travaillant le fer, alimentent la courte ligne de chemin de fer qui, allant à Bayou-Sara, relie l'intérieur des terres au Missisipi. Seulement si Woodville a été oublié par les voyageurs officiels de la grande maison d'édition new-yorkaise, nous trouverions peut-être l'explication de cette anomalie dans le nom même de la proscrite.

Woodville, ville du bois ou des bois. Le fait est qu'une certaine bonne volonté est nécessaire au touriste qui sait que là existe une ville, tant elle est cachée de toutes parts au milieu des forêts qui l'environnent. Mais, n'en déplaise à ses contempteurs, Woodville peut se targuer d'une situation des plus agréables.

Arrosée par le Blue-River, la rivière Bleue, qui, sortant des collines, vient s'épandre largement dans la plaine, pour se perdre ensuite en ruisseaux multiples jusqu'auprès des fleuves, Woodville étend sur les bords de cette sorte de lac, ses manufactures, ses usines. Un canal tracé du Mississipi au Blue-River permet aux navires d'arriver jusque là. C'est comme un vaste bassin qui rappelle, en petit, celui de la Tamise en deçà du pont de Londres. Des énormes cheminées, un brouillard tombe sur la ville, animée du mouvement incessant des travailleurs. Un pont ferme cette quasi-rade, et pour continuer la comparaison londonienne, le dôme de Saint-Bartholomew se dressant au loin, avec sa croix, rappelle Saint-Paul, de gigantesque mémoire.

Mais à l'exception de la voie du chemin de fer, d'une route à peine praticable et des quais du Blue-River, on dirait que les habitants de Woodville ont dédaigné d'ouvrir des communications qui les relient au reste du monde.

La ville est demeurée dans sa ceinture verte : de tous côtés, ce ne sont que massifs énormes de futaies de toutes sortes. Cette partie de la Louisiane semble jouir encore des privilèges de la flore mexicaine. Depuis le laurier-cannellier dont l'écorce en débris produit une huile aromatique, depuis le giroflier pyramidal, le pamplemoussier, dont les branches servent d'asile à un papillon d'une beauté unique, jusqu'au magnolier, développé dans une splendeur vigoureuse inconnue en France, jusqu'au baobab à feuilles digitées qui embrasse un périmètre de plus de quinze mètres, jusqu'à l'aubier dont l'écorce rugueuse ressemble à la peau d'un caïman, c'est une éclosion forte, plantureuse, que nul travail humain ne vient entraver.....

Point de sentiers. Le palmier royal, le chêne vivace,

Et, malgré les torrents d'eau, la voiture roulait.

le palmier, le dattier croissent, entrelacent, enchevêtrent leurs racines qui semblent, soulevées hors de terre, des reptiles en lutte.

C'était à travers ce dédale que nos amis s'étaient engagés.

Peut-être eût-il été sage de s'assurer d'un guide. Car que savaient-ils? que Red Ralph avait quelque part, dans ces solitudes, un repaire ignoré de tous. Certes, Phil Stamster avait donné des indications qui, de loin, semblaient des plus précises. Mais au milieu de ce labyrinthe, était-il possible de suivre l'espèce de plan qu'il avait tracé.

Pourtant Freedy et Valville n'avaient pas hésité. Prendre un guide, c'était s'exposer à une nouvelle trahison. Ned-Bark s'était rangé à cet avis.

Donc ils allaient, un peu au hasard, attentifs, prêtant l'oreille au moindre bruit, chacun ayant au poing la carabine chargée.

Car cette fois, ils savaient qu'il s'agissait d'une lutte à mort.

Plusieurs heures s'étaient déjà passées dans des recherches infructueuses. Nul ne sentait la fatigue. Mais déjà il y avait dans les cœurs un peu de découragement. Est-ce que Phil Stamster avait menti?

Certes il semblait avoir tout intérêt à dire la vérité, puisque sa liberté et sa vie dépendaient de la réussite de l'entreprise des vengeurs. Mais qui peut se vanter d'avoir lu clairement dans l'âme d'un bandit.

Ne peut-il pas, au moment où on s'y attend le moins, surgir une de ces complications qui défient toutes les prévisions et déroutent les raisonnements les mieux combinés?

Le soleil avait baissé à l'horizon. Encore une heure et c'était la nuit.

A l'aide de la boussole, nos amis étaient certains de ne pas s'égarer et de pouvoir toujours regagner Woodville.

Mais ni l'un ni l'autre ne songeait à émettre l'avis du retour.

C'était comme un pressentiment général. L'heure suprême approchait. En dépit de l'insuccès de leurs pérégrinations à travers les épaisseurs de la forêt, ils éprouvaient un sentiment de certitude contre lequel rien ne pouvait prévaloir.

— S'il le faut, avait dit Valville, nous passerons la nuit dans le bois.

— Comme vous voudrez, avait répondu Freedy.

Quant à Ned-Bark, il était décidé à ne pas abandonner la lutte.

— Au point où nous en sommes arrivés, disait-il, le moindre retard, la moindre hésitation peuvent tout perdre... qui sait si Red Ralph ne se contentera pas de toucher à la maison de Woodville, pour de là entraîner sa victime vers des endroits inconnus? Il faut l'atteindre, à tout prix, le saisir, lui imposer brusquement, brutalement notre volonté....

La nuit tombait. Rien n'est plus étrange que l'impression causée par l'obscurité venant dans les bois. Et quels bois!... Pas un coin d'où jaillisse encore une échappée de lumière. C'est comme une voûte d'ombre qui s'abaisse sur vous. D'abord les feuilles s'effacent dans une sorte de crayonnement qui rappelle les dessins tracés au fusain. Puis les branches, plus fortes, s'accentuent en traits noirs. Puis il semble que tout se mêle, se confonde, se soude. C'est un plafond noir qui se cimente peu à peu...

Aux dernières heures du crépuscule, Ned-Bark avait encore consulté les notes prises sur les aveux de Phil Stamster. Il était impossible — si le misérable avait dit vrai — qu'ils se trouvassent loin du point désigné. Mais où était donc cette maison maudite? Cachée dans un ravin? dissimulée dans un bouquet d'arbres sur le sommet d'une colline? Rien ne donnait réponse à cette question.

— Confions-nous au hasard, dit Freedy. Tenons-nous immobiles, que nul de nous ne s'endorme. Nous allons placer des sentinelles aux divers points qui peuvent donner accès au lieu où nous sommes.... puis nous attendrons à la grâce de Dieu.

— C'est le plus sage, dit Ned. De deux choses l'une, ou Red Ralph est déjà terré dans cette solitude, et il faudra bien qu'il en sorte, ou il n'est pas encore arrivé, et si prudents que soient ses acolytes, il est impossible qu'ils ne se trahissent point, ne fût-ce que par un froissement de branchage. D'ailleurs la première hypothèse est peu probable. Nous avons fait diligence, de telle sorte que Red Ralph n'a pu nous devancer. Le second cas est donc le plus vraisemblable. Attendons.

Nul ne sentait le besoin de dormir.

Les hommes que Ned Bark avait embauchés, stimulés par l'appât d'une forte récompense, ne demandaient qu'à prouver leur zèle.

Quant aux autres, ils étaient saisis de cette fièvre qui précède les péripéties décisives. Ned Bark avait l'amour-propre de sa profession. Il voulait réussir.

Valville pensait à son père mort, à sa sœur enlevée. Freedy n'oubliait pas qu'il y avait là-bas, à la Nouvelle-Orléans, deux beaux yeux dont le doux regard le remercierait du succès...

Et Freedy, l'impassible, n'était pas le moins ému.

Les deux acolytes de Ned Bark s'étaient installés en grand'gardes. C'étaient des Géorgiens habitués à la vue des solitudes et dont l'oreille subtile percevait les bruits les plus minimes. Ils avaient été engagés, il y avait quelque dix ans, dans la dernière lutte soutenue contre les Indiens.

Sambo, en apparence indifférent, s'était étendu sur la terre. Mais son oreille touchait le sol. Il était prêt à donner l'alarme.

Ned, Freedy et Valville, adossés à des arbres, immobiles comme des statues, attendaient.... Seulement, à chaque heure qui passait, Ned prononçait quelques mots, avertissant du temps écoulé. Les autres répondaient, prouvant ainsi que le sommeil ne les avait pas vaincus.

C'était tout.

Il était déjà onze heures. Et rien d'anormal ne s'était révélé.

Tout à coup Ned tressaillit. Nul n'y prit garde. Son visage se contracta, son œil unique s'éclaira d'une lueur étrange. Puis soudain, il se ramena sur lui-même, et, avec une violence pareille à celle d'un ressort qu'une détente fait agir, il bondit au milieu des lianes...

On entendit un râle étouffé.

Puis plus rien. Quelques secondes s'écoulèrent.

Et Ned Bark reparut :

— Alerte, dit-il à voix basse. J'en tiens un !

A peine avait-il prononcé ces mots qu'un coup de feu retentit.

C'était une des sentinelles qui venait de décharger, à bout portant, un coup de feu sur une forme noire se glissant dans l'ombre....

Puis soudain, il y eut une sorte de mêlée, un *rush* comme disent les Anglais. C'est-à-dire que chacun de nos six personnages se trouva en face d'un adversaire. Par une telle nuit, il n'était pas douteux que ce fût un ennemi.

Les gens qui s'aventuraient à pareille heure dans des bois presque impraticables, ne pouvaient être que des bandits. Aussi Valville et ses compagnons n'hésitèrent-ils pas à se jeter sur ceux qu'ils apercevaient.

Il y eut des coups échangés, des balles qui se croisèrent...

Mais ceux qu'on attaquait aussi inopinément n'étaient point, paraît-il, disposés à soutenir une longue lutte. Car se dégageant des étreintes de leurs assaillants, ceux qui n'étaient pas blessés se mirent à fuir, et avec une prestesse d'autant plus surprenante qu'il semblait presque impossible de se diriger à travers le dédale.

L'un d'eux avait eu la poitrine traversée d'une balle de revolver. Il ne donnait plus signe de vie.

Le second qui avait lutté avec Freedy avait le front ouvert d'un coup de couteau et était évanoui.

Le troisième enfin, celui sur lequel Ned Bark s'était jeté, était sain et sauf et parfaitement vivant. Le policier l'avait — en une seconde — *ligotté* de si admirable façon au moyen de lianes, que le misérable, pendant le combat, n'avait pas fait un mouvement.

— Voilà celui qui nous guidera au but! dit le détective. Allons! il est inutile maintenant de nous cacher. La guerre est déclarée. Allumons les torches.

En quelques instants, l'ordre de Ned Bark fut exécuté. Le feuillage s'éclaira de mille reflets fantastiques. Des six hommes de Valville, pas un seul n'avait été blessé.

Ned Bark, forçant son prisonnier à se dresser sur ses jambes, le poussa au milieu du cercle.

— Ecoute-moi bien, lui dit-il. Tu vois ceci (et il lui montrait un revolver) et ceci (ceci c'était une bourse à travers les mailles de laquelle brillaient des pièces d'or).

Tu peux choisir.... de l'argent ou une balle dans la tête. Tu vois que la situation est des plus nettes....

Le prisonnier était un homme gros, court, ahuri, dont les yeux clignotaient, un de ces misérables qui, las de misère, s'embauchent à n'importe quel prix et pour n'importe quelle cause.

— Que voulez-vous de moi? demanda-t-il d'une voix rauque.

— Que tu nous dises où tu allais avec tes complices....

— Retrouver le chef....

— C'est-à-dire Red Ralph, n'est-il pas vrai?...

— Oui.

— Qu'alliez-vous faire auprès de lui?

— Toucher notre argent.... il y a assez longtemps qu'il nous fait attendre....

— Tout cela est clair; et il te sera tenu compte de ta franchise. Maintenant voici le point décisif. Que t'avait promis Red Ralph?

— Vingt dollars.

— Cette bourse en contient cinquante. Si tu le veux, ils sont à toi....

— Que dois-je faire?...

— Nous conduire à la retraite de ton chef....

L'homme tressaillit et une pâleur livide envahit son visage. On devinait que cette idée seule de trahison lui causait une profonde épouvante.

— Que crains-tu? lui demanda Ned-Bark.

— Le chef me tuera....

— Oui, si tu tombes en son pouvoir. Mais sache-le bien, livre nous le secret que nous réclamons de toi, et tu n'auras plus rien à redouter de lui.

L'homme regarda pendant un instant ceux qui l'entouraient....

Et il comprit deux choses :

La première, que c'étaient d'honnêtes gens et que s'ils cherchaient Red Ralph, c'était pour le punir de ses crimes.

La seconde, c'est qu'ils étaient courageux et bien armés et que le succès était possible.

— J'accepte, dit-il.

— Enfin! s'écria Valville. Ne perdons pas un instant. En route!...

— Je pose une condition, dit encore l'homme.

— Laquelle? demanda durement Ned-Bark. Hâte-toi de parler, car nous pourrions nous souvenir que tu n'es qu'un complice de ce brigand de Red Ralph....

— Je vous conduirai à l'endroit où vous le trouverez. C'est une maison, cachée en pleine forêt, et qu'on appelle Green-House, la maison verte.... mais dès que je vous l'aurai montrée, vous me laisserez fuir....

— C'est-à-dire que tu as peur que nous ne nous emparions pas de Red Ralph et qu'alors il puisse songer à la vengeance....

— Admettez que ce soit cela. Ai-je votre promesse?

De fait, aussitôt que Ned-Bark et ses compagnons tiendraient la piste de Ralph le Rouge, peu leur importait la capture de ce complice subalterne.

— Tu pourras fuir, nous nous y engageons.

— Alors suivez-moi!

— Mais n'oublie pas que j'ai l'œil sur toi, ajouta Ned-Bark, et qu'au moindre acte suspect, je te brûle la cervelle.

Au moment où ils se mettaient en marche, l'homme qui n'était que blessé et chez qui la fraîcheur de la nuit ranimait le sentiment, se dressa à demi et s'adressant à son ancien compagnon, lui cria :

— Judas! lâche! tu nous vends!...

L'autre haussa les épaules :

— Il regrette que vous ne vous soyez pas adressé à lui, articula-t-il en parlant à Ned-Bark.

Pendant que la petite troupe s'engageait à travers les taillis, Freedy se pencha vers Valville :

— Vous souvenez-vous, lui dit-il, de cet Indien qui a préféré la mort par le poison à la possibilité d'une trahison...

— Oh! je ne l'ai pas oublié! cet homme était véritablement courageux.

— Eh bien! comparez! Voici ce que la civilisation fait de ceux qu'elle ne moralise pas. Le sauvage criminel conserve son point d'honneur, le bandit civilisé n'a même plus les éléments du sens moral.

— La route est-elle longue? demanda Ned à son guide.

— Avant une demi-heure, vous serez en face de Green-House!...

— Mais qui nous prouve que tu ne nous conduis pas dans une embuscade?...

— Mon intérêt, répondit l'autre cyniquement. Si vous étiez surpris, les balles des assaillants frapperaient indistinctement amis ou ennemis... Donc ma vie serait en péril, tandis que je ne risque rien, sinon que vous me trompiez et ne me donniez pas la somme promise...

— Tu sais bien que tu n'as rien à craindre.

Cependant ils gravissaient maintenant une hauteur. Les futaies s'épaississaient de plus en plus, et la marche devenait extrêmement pénible.

L'homme — pressentant une question de Ned Bark — lui dit :

— Ceci n'est pas le chemin que les autres ont pris. S'ils vous attendent, c'est sur l'autre versant du monticule.

Tout à coup une voix cria :

— Qui vive?

— Éteignez les torches! cria Ned.

Et l'obscurité s'étendit sur le bois.

— En face de vous, derrière ce rideau, se trouve Green-House...

— Bien, attends! dit Ned.

Il se jeta sur le sol et se mit à ramper jusqu'au lieu indiqué.

Là, malgré la nuit, il vit la masse noire d'une habitation, tout à fait entourée d'arbres.

Il revint, et détachant les liens du bandit :

— Tu es libre! lui dit-il. Voilà l'argent, pars.

Celui-ci glissa l'or dans sa ceinture :

— Un conseil, ajouta-t-il. Nous étions vingt, vous êtes six, prenez garde.

A l'énonciation de ce chiffre, Ned ne put réprimer un léger tressaillement.

Mais au même instant, une décharge retentit, et des balles sifflèrent autour de la petite troupe, coupant les branches et déchiquetant les troncs des arbres.

— En avant! cria Ned-Bark. Et que Dieu nous aide!

Ils s'élancèrent. En quelques bonds, ils eurent franchi le rideau de verdure qui les séparait d'un emplacement découvert, au milieu duquel se dressait Green-House, sorte de hutte à deux étages, faite de troncs d'arbres et dont une fenêtre apparaissait, largement éclairée.

— Phil Stamster, me reconnais-tu?

Serrés les uns contre les autres, les six hommes bondirent sur les ombres groupées au pied de la maison, sans s'attarder à faire le coup de feu. Surpris par cette attaque imprévue, les bandits faiblirent tout d'abord, et quelques-uns lâchèrent pied. Les autres firent bonne contenance, et les balles de revolver sifflèrent de nouveau.

Un des assaillants tomba. C'était un des hommes de Ned-Bark.

Alors ce fut une lutte corps à corps, effrayante, car chaque coup portait.

Freedy avait pris sa carabine par le canon et se servait de la crosse comme d'une massue.

Tout à coup, Valville emporté par la fureur, cria :

— Mais où te caches-tu donc, Red Ralph !...

La fenêtre s'ouvrit violemment :

— C'est Charles Valville qui a parlé !...

— Moi-même ! Ah ! c'est donc toi, misérable !... Eh bien !...

Il déchargea sa carabine sur l'ombre qui avait paru à la fenêtre. Mais la furie qui s'était emparée de lui avait fait dévier son bras.

La voix de Red Ralph retentit de nouveau. Il cria à ses compagnons :

— Cessez le combat... et que ces hommes puissent pénétrer jusqu'à moi...

C'était chose étrange que l'ascendant exercé par ce bandit sur ses complices. Car, à cet ordre, tous abandonnèrent la lutte et se replièrent vers la porte de la hutte.

Charles s'avança résolument.

Ned-Bark lui posa la main sur le bras :

— Prenez garde, dit-il. Une fois entrés là nous sommes en son pouvoir...

On eût dit que Red Ralp entendit ces mots prononcés cependant à voix basse. Car, soudain, la porte s'ouvrit et il parut sur le seuil, seul, sans armes. Et telle est l'influence exercée par le courage, même de la part du plus endurci criminel, que Valville qui tenait en main son revolver, abaissa involontairement son arme...

— Entrez ! répéta Red Ralph. Et vous autres, écartez-vous !... Souvenez-vous que vous répondez sur votre tête de la vie de ces hommes...

Puis, rentrant dans l'intérieur de la maison, il fit signe à Valville et à ses compagnons de le suivre...

On se souvient peut-être du portrait rapide, tracé par Valville, lorsque pour la première fois il s'était trouvé en face de Red Ralph, dans l'île Anastasia.

— Un homme de très haute taille, avait-il dit, aux traits durs, à la physionomie empreinte d'une énergie sauvage.

Etait-ce bien le même homme qui était maintenant devant lui.

Cette haute taille s'était courbée, comme si le poids du malheur, du remords peut-être, se fût appesanti sur cet homme ; et sur tous ses traits, flétris, fatigués, creusés, il y avait une ombre de découragement et de sinistre résignation.

Il se tourna vers Valville :

— Maintenant, lui dit-il, vous pouvez me tuer !...

— Pas avant que tu n'aies parlé, misérable ; pas de fausse générosité ! Oui, je veux ta vie, s'écria Valville avec un redoublement de fureur, car tu es l'assassin de mon père ! Mais avant tout, je veux que tu me rendes celle que tu as lâchement enlevée, ma sœur bien-aimée !...

Il y eut un silence.

Red Ralph passa sa main sur son front, puis d'une voix qui tremblait :

— Ma vie vous appartient, mais il ne dépend plus de moi de vous rendre celle que vous cherchez...

— Que veux-tu dire ? Ah ! prends garde ! ma patience est à bout !

— Je vous dis que votre sœur n'est plus en mon pouvoir...

— Quoi !... Ah ! tu me trompes !

Il fixait ses regards ardents sur le visage de Red Ralp. Tout à coup une pensée de désolation traversa son esprit :

— Morte ! s'écria-t-il. Elle est morte ! et c'est toi qui l'as tuée !...

— Non ! non ! fit violemment Red Ralph, je jure que je n'ai pas porté la main sur elle...

— Mais où est-elle ?...

— Votre sœur a disparu...

— Mensonge !

— Elle a disparu, le lendemain même du jour où je

suis parvenu à échapper à vos poursuites... là-bas... au Roc-Diable !...

Ned, Freedy et Valville étaient terrifiés. Oui, ils avaient voulu croire à un mensonge de Red Ralph. Mais l'accent de désespoir du bandit, l'abattement de sa physionomie, tout prouvait qu'il disait la vérité :

— Regardez-moi ! dit tristement Red Ralph. Et vous comprendrez pourquoi je renonce à la lutte... Oui, j'ai commis un crime... mais déjà, je vous l'ai dit une fois, c'est parce qu'une passion insensée, invincible s'était emparée de moi... pour vaincre sa résistance qui m'affolait, je me suis courbé, je me suis traîné à ses genoux... d'autres fois, hors de moi, je l'ai menacée de mort... mais toujours son implacable mépris me repoussait... eh bien ! toutes les tortures que j'ai endurées ne sont rien auprès de celles qui maintenant me déchirent le cœur...

— Disparue ! s'écria Ned Bark. Mais comment? dans quelles circonstances?...

— Le sais-je moi-même ! Nous avions fui Roc-Diable... savez-vous pourquoi? parce que je ne voulais pas affronter le combat... non par lâcheté, vous ne le supposeriez pas !... mais parce que j'avais peur que dans la lutte le frère de celle que j'adorais ne tombât sous une balle... et que son cadavre ne mît une barrière nouvelle entre elle et moi .. Par des chemins impraticables et que seul je connaissais, j'avais regagné le bord de la mer... nous passâmes une dernière nuit sur la terre floridienne... là dans une caverne spacieuse, j'avais fait disposer un abri pour... elle... Cette nuit-là, je ne dormis pas ! de sinistres pressentiments m'agitaient... J'avais envoyé à un de mes acolytes l'ordre de préparer la maison où vous vous trouvez maintenant... je voulais faire auprès de vous une tentative suprême... Au matin, quand je donnai le signal du départ, votre sœur ne parut pas... jamais je n'avais pénétré dans sa retraite... Ce jour-là, je m'y décidai !... Malheur sur moi ! pendant la nuit elle s'était enfuie ! Comment, je n'ai pu encore le comprendre... Ah ! ce que j'éprouvai ce fut à la fois de la rage et du désespoir ! en vain je lançai mes hommes dans toutes les directions... en vain, je battis tous les environs, fouillant jusqu'aux retraites les plus inaccessibles... Voilà pourquoi je vous dis : je ne puis vous rendre votre sœur. Tuez-moi si vous le voulez !

Le steamer glissait sur les eaux du père des fleuves.

Il n'y avait plus à douter. Ce récit devait être exact. De nouvelles angoisses serraient le cœur de Valville et de ses amis.

— Vous m'offrez votre vie, dit Valville. Je ne vous assassinerai pas. Vous avez des armes, vous vous défendrez...

— Soit, dit Red Ralph.

Un instant après, les deux hommes se trouvaient face à face, à vingt pas l'un de l'autre, dans le large emplacement qui s'étendait devant Green-House.

— Ecoutez-moi, avait dit Red Ralph à ses hommes. Je vous ai payés. Si je meurs, vous trouverez là-haut, dans la maison, une somme assez forte. Partagez-vous-la. Maintenant, quoi qu'il arrive, souvenez-vous que l'homme contre lequel je vais risquer ma vie doit être sacré pour vous, lui et tous ceux qui l'accompagnent...

Il y eut un murmure d'acquiescement.

Les torches avaient été allumées.

C'était une scène à la fois grandiose et lugubre...

— Vous êtes prêts, demanda Freedy.

— Oui, répondirent les deux hommes.

L'Américain frappa trois fois dans ses mains.

Au troisième choc, un coup de feu retentit...

Red Ralph étendit les bras, puis tomba, la face en avant...

La balle de Valville lui avait traversé le cœur.

Les bandits s'empressèrent auprès de lui :

— Mort ! dit l'un d'eux. Allez, messieurs, vous êtes libres...

Et pâles, la poitrine serrée comme dans un étau, Valville et ses compagnons s'éloignèrent de Green-House...

Le planteur de Battle-Field était vengé !

Mais Jeanne ! mais sa fille !... Hélas ! sans doute, perdue dans les solitudes de la Floride, elle avait trouvé une mort affreuse !...

XXVI

TOUT EST BIEN QUI...

Le lendemain, la petite troupe s'embarquait à Bayou-Sara.

Peu de paroles avaient été échangées pendant ce triste trajet.

Malgré son énergie, Ned-Bark ne trouvait plus en lui-même l'assurance qu'il avait montrée jusqu'ici.

Une avarie du steamer les força de s'arrêter à plusieurs lieues de la Nouvelle-Orléans. Par bonheur, l'Amérique est sillonnée de lignes télégraphiques, et il leur fut possible d'annoncer leur retour à la maison Blanchoi o .t

Ils avaient pris des chevaux et étaient sûrs d'atteindre la ville en deux ou trois heures par une route de traverse.

Ned, qui allait en avant, sans doute pour réfléchir plus à l'aise sur les chances qui leur restaient encore, Ned, dont l'œil unique était doué d'une vue perçante, aperçut de très loin, sur la route et venant dans le sens contraire, un personnage à cheval, dont l'allure générale le frappa singulièrement :

Il laissa même échapper tout un flot d'exclamations contradictoires.

— Mais oui ! mais non ! c'est impossible ! et pourtant !...

Or, de ce problème qui venait tout à coup s'imposer à lui, Ned-Bark, essentiellement curieux par sa nature, voulut avoir la solution.

Et, poussant son cheval, il se lança au galop au devant du personnage en question sans prendre garde à un précipice sur les rocs duquel roulait un torrent.

Quand il ne fut plus qu'à quelques mètres de lui :

— *By god!* cria-t-il.

— Bonjour, môsieur Lecoq ! fit une voix rieuse.

— Par le diable !... mais c'est lui ! c'est vous !... pas possible !...

Et le brave détective, qui d'ordinaire n'était guère sensible, était pris d'une émotion singulière; car celui qu'il venait de reconnaître...

C'était... tout simplement... le gommeux, le gamin, maître Eusèbe !

Eh oui ! maître Eusèbe, en chair et en os, parfaitement vivant...

Et le détective éprouvait une grande sympathie pour ce jeune fou, qui avait tant de cœur, et qui, en somme, avait donné de vraies preuves d'abnégation et de courage...

— Mais c'est à n'y pas croire! s'écria Ned. D'où venez-vous? d'où sortezvous?

— Mon vieux Vidocq, reprit Eusèbe, on vous racontera tout ça en détail... je suis comme les chats, je retombe toujours sur mes pattes... mais pas tout ça! où sont les amis?...

— En arrière, et tenez, les voilà!

En effet, inquiets d'avoir vu disparaître le détective, les amis avaient mis leurs chevaux au trot.

En un instant, Eusèbe fut auprès d'eux.

Et alors les exclamations d'éclater! C'était là pour Valville et Freedy une véritable joie. Freedy, le flegmatique, s'était penché vers Eusèbe et lui prenant le cou, l'avait embrassé, tandis que Charles lui serrait les mains à les lui briser...

Puis les questions se croisaient :

— Que lui était-il arrivé? Comment avait-il quitté la troupe, là-bas, à Roc-Diable!

— Mes petits agneaux, dit Eusèbe qui avait un air de malice des mieux caractérisés, vous me permettrez de vous dire qu'au reçu de votre télégramme...

— Quoi! vous êtes à la maison Blanchemont?

— Comme un coq en pâte ferme.

— Depuis quand?

— Depuis hier soir...

— Cela tient du prodige... mais, dites-nous donc...

— Voulez-vous me laisser finir ma phrase... je vous disais qu'au reçu de votre télégramme, j'avais carrément planté là le déjeuner pour venir à votre rencontre... que je meurs de faim, et que, lorsque mon estomac crie, il m'est impossible de m'entendre parler... d'où cette conclusion : tout à l'heure, après le premier service, je suis votre homme... et soyez tranquille! le nommé Robinson Crusoé, qui a écrit un joli volume de trois cents pages — illustrées — n'a pas eu d'aventures qui aillent à la cheville des miennes...

— Vous n'avez pas été blessé?

— Ni tué... mais non, comme vous voyez... ça ne fait rien, je ne vous dirai qu'un mot... je vous en promets des surprises... oh mais! là! des surprises... à vous faire rester la bouche ouverte pour votre vie... que je souhaite fort longue...

Et on n'en pouvait tirer rien de plus. Il avait l'air parfaitement gouailleur, ce brave Eusèbe !... et il y avait sous chacune de ses paroles des réticences pleines de mystère... quoiqu'il affirmât ne pas pouvoir parler, il était bien facile au moins observateur de deviner que la langue lui démangeait singulièrement.

Et puis c'était la même phrase vingt fois répétée :

— Il y en aura... y en aura de la surprise, pas cher! avec cet accent parisien qui faisait son orgueil.

En vérité, il était un peu trop gai ! et s'apercevait que le visage de Valville se rembrunissait :

— A propos, fit-il, et votre expédition à travers bois a-t-elle réussi ?

— Non, dit laconiquement Charles que commençait à irriter ce ton d'une légèreté exagérée.

— Ah ! bah ! mauvaise affaire! quoi ! rien de rien ! vous n'avez pas encore rencontré cet honnête Ralph le Rouge.

— Ralph est mort, dit Freedy.

Cette fois, Eusèbe devint grave.

— C'est bien fait ! dit-il. Car, entre nous, c'était une rude canaille...

— Mon cher Eusèbe, dit Valville assez sèchement, vous savez que nous sommes très heureux de vous avoir retrouvé sain et sauf... mais permettez-moi de vous dire que vos allures joyeuses ne sont pas trop de saison ! vous oubliez que ma pauvre sœur, ma chère Jeanne a disparu et que...

Il dut interrompre sa phrase.

Brusquement, se penchant en avant, comme s'il eût voulu dérober à ses compagnons le jeu de sa physionomie, Eusèbe avait crié :

— Ah ! c'est comme ça ! on fait des scènes à Coco ! eh bien ! je décanille !...

Et, pressant les flancs de son cheval, il était parti à toute bride...

Freedy et Valville s'étaient regardés. Est-ce qu'Eusèbe était devenu fou !...

Cependant, sans se l'avouer, ils étaient en proie à une curiosité qui à chaque minute devenait plus ardente... ce mot de surprise — accentué par Eusèbe — tintait à leurs oreilles.

Aussi mirent-ils eux aussi leurs chevaux au galop, et bientôt ils atteignirent la ville. Sans s'arrêter ils poussèrent droit vers Canal-Street, et enfin ils s'arrêtèrent devant la maison Blanchemont...

A peine s'étaient-ils jetés en bas de leurs chevaux que les larges portes du vestibule s'étaient ouvertes devant eux...

Et un premier cri — de vraie surprise — s'était échappé de leur poitrine...

Les domestiques et les nègres, en habit de fête, formaient la haie pour les recevoir.

Les murailles, les tentures disparaissaient sous les fleurs et le feuillage...

L'intendant ouvrit la porte du salon et s'effaça pour laisser entrer les arrivants.

Le salon était vide :

— Mais que se passe-t-il donc? s'écria Valville.

— C'est la surprise! cria la voix d'Eusèbe.

Et le jeune homme parut, avec sa sœur Alice... Et Mme Longpré... et la famille Blanchemont...

— Charles? dit Alice à son fiancé, vous avez été bien fort contre la douleur... serez-vous aussi fort contre la joie?...

Charles pâlit. Tout son sang affluait à son cœur.

— Ah! parlez! s'écria-t-il. Par grâce!... dites-moi ce que tout cela signifie...

Alors la porte d'une pièce voisine s'ouvrit...,

Et deux jeunes filles parurent, enlacées, charmantes...

L'une, c'était Lucile...

L'autre...

— Jeanne! ma Jeanne bien-aimée! cria Valville qui s'élançant reçut la jeune fille dans ses bras.

— Hein! je crois qu'en voilà une... de surprise! s'écria Eusèbe.

Oui, c'était bien elle! c'était bien Jeanne, vivante, sauvée!...

Sous le poids de son émotion, Valville s'était laissé tomber sur un sofa, prêt à défaillir.

— Oui, je suis là, dit Jeanne. Et avant tout, frère, laisse-moi te dire que, si nous avons la joie de nous revoir, c'est à... lui que nous le devons!

Lui! c'était Coco! c'était Eusèbe! c'était le gommeux!

Et ma foi, malgré tout son aplomb, il était devenu rouge comme une pivoine et murmurait :

— C'est vrai ! il y a un peu de ça ! mais il faut dire aussi que vous vous êtes bien un peu aidée, mademoiselle !...

— Allons, à table ! dit M. Blanchemont. Et là, Eusèbe et Jeanne nous diront tout !...

Est-il rien de plus beau, de plus profondément touchant que la table de famille, alors qu'après une longue et douloureuse séparation tous les membres de ce même corps se trouvent enfin réunis !...

Que d'événements, que de douleurs, que d'espérances, que de désespoirs avaient agité ces cœurs qui battaient à l'unisson !

Un récit ! Avec cela que la chose était possible ! les détails se croisaient, se mêlaient, se superposaient...

Jeanne avait tant souffert ! et pourtant, elle le disait avec franchise, cet homme, ce Red-Ralph, gardait encore quelques traces de son honnête origine... cent fois il avait menacé, mais toujours un mot, un regard l'avait réduit à l'impuissance. Il avait des fureurs sans frein, des accès de folie... puis il semblait avoir peur, avoir honte de lui-même...

— Et pourtant, ajoutait Jeanne, toujours je redoutais que ses instincts criminels ne l'emportassent... je vivais dans des transes perpétuelles... Ah ! que de nuits sans sommeil ! alors que j'entendais cet homme, qui lui non plus ne dormait pas, rôder autour de moi avec des grondements de fauve.

« Enfin, j'appris par quelques mots échappés à ses complices que vous étiez à sa poursuite. Ce jour-là, je crus que c'en était fait de moi. Il y eut entre nous une scène terrible, effrayante... et pourtant cette fois encore, je le domptai... ce fût alors qu'il m'entraîna loin de Roc-Diable !... j'avais deviné qu'il n'était plus maître de lui... je me désespérais, je me sentais perdue... c'est alors qu'à tout prix je résolus de m'enfuir... Comment je pus m'évader de la retraite où il m'avait confinée, comment je ne fus pas surprise, je n'en sais rien ! ce fut un miracle !...

« Ah ! quand je sentis sur mon front l'air de la liberté, je crus que je deviendrais folle, je courais devant moi, à travers la nuit, au hasard, me heurtant aux arbres, glissant sur les roches. Un moment je perdis l'équilibre, et je serais tombée dans un abîme... quand une main me saisit et me sauva... c'était la main de votre frère, Alice...

— Ah! mon ami! mon frère! cria Valville en lui tendant la main.

— Pas moins vrai, fit Eusèbe, que tout à l'heure vous alliez singulièrement me traiter, parce que j'avais l'air un peu trop joyeux...

— Pardonnez-moi!

— Nous verrons ça, si vous êtes sage ..

— Mais comment s'est-il fait, mon cher Eusèbe, demanda Freedy, que le hasard vous ait ainsi conduit si à propos pour arracher Mlle Jeanne à ce péril...

— Voilà l'affaire, dit Eusèbe. Il faut vous dire que j'avais une dent contre le nommé détective...

— Contre moi, dit Ned-Bark en riant.

— Mais z'oui! vous aviez toujours l'air de vous moquer de moi, comme si je n'avais pas inventé les feux d'artifice... alors j'avais résolu de vous jouer un tour de ma façon...

— Et lequel?

— Celui-ci... retrouver, moi, Eusebio magno, comme on lit sur la porte Saint-Denis, celle que vous prétendiez découvrir à vous tout seul... si bien que j'étais parti, la canne à la main, pour faire un petit tour dans les environs... mais ouiche! Voilà que je prends à droite, puis à gauche, puis en face, puis... ailleurs! impossible de m'y retrouver! Vous croyez que cela m'a fait peur... j'en ai fait bien d'autres, depuis que j'ai mis le pied sur la terre de Vespuce... je ne dis pas Christophe Colomb pour vexer sa grande ombre... je me dis : j'ai appris par moi-même qu'en allant tout droit devant soi, on arrive toujours quelque part, même en Amérique... si bien que je me *lance*, comme on dit au Palais-Royal, et que me voilà parti... je ne sais où... entre parenthèses, ce pays-là a décidément deux grands défauts... il manque de journaux et de restaurants... Je n'oserai même affirmer que je n'aie pas avalé une espèce de grenouille vivante que j'avais prise pour un fruit...

Red Ralph étendit les bras, puis tomba, la face en avant.

« Mais j'allais toujours... bon pied, bon œil... le soir venu, je me hisse dans un arbre, après avoir adressé à messieurs les serpents possibles quelques paroles bien senties pour les inviter à me laisser dormir... quand je suis tout à coup réveillé par un froissement de branches... je regarde... j'aperçois une forme noire... je me dis : Voilà un sergent de ville! je vais lui demander mon chemin. Je dégringole de mon arbre... et paf! l'ombre fait un faux pas... je la repêche... c'était mademoiselle!... et au fond, je suis enchanté de ce que j'ai fait!

Il riait, le bravo Eusèbe. Mais vous savez — nous pouvons l'avouer entre nous — il y avait bien un peu de forfanterie dans sa gaieté, et il avait — tout au fond — une larme dans l'œil...

— Mais comment avez-vous pu regagner la Louisiane?

— Ah! mon frère, dit Jeanne, ce que ne vous dit pas M. Eusèbe, c'est qu'il eût été impossible de montrer plus de courage, plus de dévouement, plus de patience... quand je faiblissais, il me parlait de tous ceux que j'aimais... avec une incroyable habileté, il pourvoyait à mes besoins...

— Oh! fit Eusèbe, je vous ai fait manger de bien mauvaises choses...

— Monsieur Eusèbe, dit la jeune fille en fixant sur Eusèbe ses grands yeux clairs, je vous prie de ne pas m'interrompre... je veux dire ce que je pense... c'est que vous êtes le meilleur des amis et le plus courageux des hommes!

— Bon! le prix Monthyon! Douze cents francs et une médaille!

— Non! mais la bonne poignée de main d'une femme qui vous doit la vie et qui ne l'oubliera jamais... bref, nous avons pu atteindre le Saint-John, où nous avons trouvé une embarcation qui nous a conduits à Picolata... de là, la route était facile, et voici comment, cher frère, vous avez la joie — partagée — d'embrasser votre sœur...

Malgré sa modestie, Eusèbe était le héros du jour. Freedy l'enviait presque.

Valville raconta succinctement l'aventure du Green-House. Quand il dit la mort de Red Ralph :

— Pardonnons-lui, fit Jeanne, il a expié son crime !..

. . . .

Il nous reste maintenant peu à dire pour achever ce long récit.

Les amis — au rang desquels Ned-Bark était naturellement élevé — se remirent des douloureuses fatigues qu'ils avaient éprouvées.

Charles Valville épousa Alice Lodier. Mais ce jour-là, furent célébrés deux autres mariages...

L'un — nos lecteurs l'ont prévu — ce fut celui de Freedy et de Lucile.

L'autre — nous nous avançons peut-être beaucoup en lui donnant dores et déjà le titre de la cérémonie définitive, car à vrai dire, ce n'était que les fiançailles de Jeanne et d'Eusèbe...

Eh oui ! d'Eusèbe qui avait renoncé aux pantalons verts et aux gilets jaunes, d'Eusèbe qui commençait à devenir un peu plus sérieux, tout en conservant son fonds d'inépuisable gaieté...

Voyage de noces et de fiançailles suivit de près.

Ce fut un pèlerinage en Floride, à Roc-Diable où Jeanne et Alice, au bras de ceux qu'elles aimaient, retrouvèrent la trace encore fraîche des émotions d'autrefois...

Mais le soleil jouait à travers les roches et les torrents... et la nature était si belle que toutes deux lui souriaient, en oubliant le passé.

. . . .

Il est un personnage dont nous devons faire connaître la fin.

Lorsque Ned-Bark, fidèle à sa parole, se rendit à la maison où Phil Stamster était détenu, il n'y trouva plus qu'un monceau de débris et de cendres. Le misérable, s'étant enivré, avait mis le feu à la maison et avait péri dans les flammes...

L'incendiaire avait trouvé une mort digne de lui.

. . . .

P. S. Les fiançailles d'Eusèbe ont rondement abouti à un mariage.

Comme on n'est pas parfait, il est redevenu, depuis

son retour à Paris, un des plus fidèles habitués des premières...

Mais il est vrai de dire que toujours auprès de lui on peut voir Jeanne qu'il adore... et qui a achevé son éducation...

Il ne porte plus que du gris et du noir...

FIN DU DEUXIÈME VOLUME

TABLE DES MATIÈRES

TOME II

Imprimerie de Poissy. — S. LEJAY et Cie.

www.ingramcontent.com/pod-product-compliance
Ingram Content Group UK Ltd.
Pitfield, Milton Keynes, MK11 3LW, UK
UKHW020334230726
13925UKWH00002B/788

9 782013 567909